Daniela Mel

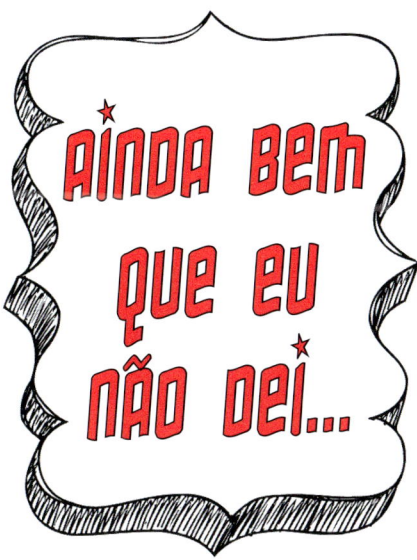
AINDA BEM QUE EU NÃO DEI...

Pitacos bem-humorados sobre relacionamentos

MATRIX

© 2013 – Daniela Mel
Direitos em língua portuguesa para o Brasil:
Matrix Editora – Tel.: (11) 3868-2863
www.matrixeditora.com.br

Diretor editorial
Paulo Tadeu

**Projeto gráfico,
capa e diagramação**
Daniela Vasques

Revisão
Silvia Parollo
Adriana Wrege

Foto da autora: Ana Lúcia Mariz

Dados Internacionais de Catalogação na Publicação (CIP)
SINDICATO NACIONAL DOS EDITORES DE LIVROS, RJ.

Mel, Daniela
 Ainda bem que eu não dei: pitacos bem-humorados sobre relacionamentos / Daniela Mel - 1. ed. - São Paulo: Matrix, 2013.
 168 p. ; 18 cm.

 1. Relação homem-mulher - Humor, sátira etc. 2. Sexo - Humor, sátira etc. I. Título.

13-05202

CDD: 306.7
CDU: 392.6

Não é o que fazem com você.

É o que você faz com o que fazem com você.

Eu resolvi escrever um livro...

A minha vingança poética bem-humorada.

SUMÁRIO

Trilogia sobre a arte de dar — Ainda bem que eu não dei — Intro 11

{
Ainda bem que eu não dei 14
Ainda bem que eu dei — Intro 16
Ainda bem que eu dei 18
Que merda que eu dei — Intro 20
Que merda que eu dei 21
}

Carta do anjo...23

Trilogia das mulheres verdes — Intro 27

{
Mulher Alface — Intro 29
Mulher Alface 30
Mulher Rúcula — Intro 32
Mulher Rúcula 33
Mulher Quiabo — Intro 35
Mulher Quiabo 36
}

Trilogia das vontades — Queria ter dado, mas... 38

{
Queria ter dado, mas eu tenho namorado 39
Queria ter dado, mas ele era casado 41
Queria ter dado, mas ele era veado 43
O dia em que o Bono me pediu um autógrafo/Queria ter dado, mas não foi o caso 45
}

Homem Satélite — Intro 52
Homem Satélite — Pretensão de Sol 56
Homem Satélite — Carta do anjo 58
Homem Mosca — Intro 60
Homem Mosca 62
Homem PF — Intro 64
Homem PF 65
Quando o cara encana com você... 66

Motoqueiro — Intro 68
Motoqueiro 69
Motorista Metida — Réplica 71
Motorista Metida 71
Homem Telemarketing — Intro 73
Homem Telemarketing 75
Quando o pós-venda é uma merda 77
O que me encanta 79
Doutor Papinho — Intro 81
Doutor Papinho 83
Doutor Papinho nível avançado — Abordagem agressiva — Intro 86
Doutor Papinho nível avançado 88
Plantão na porta do cabeleireiro 90
Namorada alheia 97
Jon Bon Jovi — Meu porto seguro 99
Quando a gente não tem mais 18 anos — Parte 1 105
Homem Lost — Perdidinho — Intro 107
Homem Lost 109
O príncipe do carro branco — Só que não... 111
Heróis? Príncipes? Melhor não, obrigada 116
Desabafo 119
Homem Embaço — Intro 122
Homem Embaço 123
Vai passar — Carta do anjo 125
E quando passa 127
Noronha — Tribo 129
Rodrigo — A primeira vez 137
Princesa dos alternativos 140
Ingênua 146
Homem 5% — Intro 148
Homem 5% 149
Faca 151
Quando a gente não tem mais 18 anos — Parte 2 160
Desapega — Carta do anjo 162
Eu sigo ímpar — Intro 164
Eu sigo ímpar 166

TRILOGIA SOBRE A ARTE DE DAR

AINDA BEM QUE EU NÃO DEI — INTRO

Sabe o que acontece quando a gente descobre que o príncipe é um babaca aos 45 do segundo tempo?
A gente não dá pra ele.
E sabe o que acontece quando a gente não dá pra ele?
Ele fica puto!
E sabe por que ele fica puto?
Porque ele tinha certeza de que você estava no papo fácil.
Que você tinha acreditado que encontrou o príncipe da sua vida: inteligente, educado, gentil, interessante.

Mas aí você teve um clique:
TAVA TUDO PERFEITO DEMAIS PRA SER VERDADE.
O cara tava FOFO demais.
E você simplesmente sai andando.
E não dá pra ele.

Porque a gente sempre acredita que dessa vez vai ser diferente, que dessa vez achou um cara legal.
E vai lá e dá pra ele.
E o que acontece?
O cara some... Lógico.
Falou que ia te apresentar a mãe, os amigos, o vizinho, o cachorro e SOME.
Então, amiga, SUMA ANTES.
Vai na minha que você vai se dar bem.

Porque, já que ele ia sumir mesmo, que bom que você se preservou.
Se quiser dar e tiver vontade, dê mesmo.
O que pega aqui é o cara se vender como príncipe, quando na verdade só quer te comer.
Não jogar limpo, não deixar claro que talvez seja curtição de uma noite apenas.
Ele faz você acreditar que pode rolar uma história.
E não precisa disso, né? Fala a verdade. Isso é coisa de quem não se garante.

Da última vez que me aconteceu isso, fui jantar
com um cara e depois subi à casa dele pra
conhecer a coleção de orquídeas.
Fofo, né, um cara que coleciona orquídeas.
Juro. Eu achei aquilo lindo, tão sensível...
Sabe o que aconteceu?
Mal deu tempo de abrir a porta e ele voou pra cima
de mim. Não teve *timing*, não teve clima, nada,
tudo atropelado.
Nem o teatro direito ele fez.
Saí correndo! Pra que isso?
Quanta ansiedade, não?
Se ele tivesse tido um pouco mais de paciência,
eu dava. Naquela noite.

Então, quando o universo brindar
você com uma luz chamada intuição,
é melhor você obedecer.
Porque a melhor das sensações é você
se livrar da roubada antes dela acontecer.
Pra esses momentos tão iluminados,
eu fiz uma poesia.
Lá vai:

AINDA BEM QUE EU NÃO DEI

Ainda bem que eu não dei
Ainda bem que não rolou
Não foi dessa vez
Que teu jogo funcionou

Imagina se eu tivesse dado
Acreditado no seu tipo apaixonado
E hoje você mal falou comigo
Imagina se eu tivesse liberado...

Não adiantou seu jeito meloso
Implorando pra eu ir te ver
Se achando o gostoso
Crente que eu ia dar pra você

Ainda bem que eu não dei
Ainda bem que não rolou
Não foi dessa vez
Que teu jogo funcionou

E você ia sumir sem motivo
E eu ia achar que o problema era comigo
Quer saber, vou desencanar
Tô nem aí pro telefone tocar

Agora, você que fique na vontade
Nem adianta insistir
E quando seus amigos perguntarem
Encara e diz: "Não, não comi"

Ainda bem que eu não dei
Ainda bem que não rolou
Se situa, meu bem
Joga limpo que eu dou

AINDA BEM QUE EU DEI — INTRO

Aí, pra não acharem que eu sou malcomida,
eu fiz "Ainda bem que eu dei".
Porque eu adoro dar. Mas eu gosto de dar pra
quem merece, não pra quem fica com papinho
furado no meu ouvido.
Ultimamente eu tenho gostado de dar para
os caras feios. Juro. São mais autênticos, mais
engraçados, mais leves.
Eles foram meio rejeitados na adolescência,
ninguém queria dançar com eles nas festinhas,
ficaram meio traumatizados.
E hoje eles te tratam que nem deusa,
que nem rainha.
O lance é: quanto menos príncipe o cara tentar
parecer, maior a chance que ele tem de te comer...
Fato.
Rola porque a gente tem vontade, tesão.

Quanto menos o cara força a barra, mais a gente tem vontade de dar.
Quando rola é porque existe sintonia, vontade, verdade, olho no olho.
Mesmo que seja só por um momento, só por aquele momento. Já vai ter valido a pena.
Pode ser no primeiro dia, na primeira hora.
Ou depois de um mês.
Não existe regra.
Existe se sentir bem, se respeitar.
Então, esse é o meu mantra:

AINDA BEM QUE EU DEI

Ainda bem que eu dei
Sem fazer tipo, sem fazer jogo
Assim é muito mais gostoso
Tava tudo mesmo pegando fogo...

Dei querendo dar
Dei sem encanar
Dei sem me preocupar
Se amanhã você vai ligar

Pode sumir, pode espalhar, pode desaparecer
Foi mesmo uma delícia dar pra você
E, se quiser de novo, fica bem à vontade
Não tenho medo de saudade

Dei na maior fé
Foi sim e não quem sabe talvez...
E se você quiser mais
Pega a senha, entra na fila e espera a vez

Ah, por favor, não promete nada
Não quero nem saber
Não entra nessa roubada
Foi incrível te conhecer

Ainda bem que eu dei
Tudo lindo, tudo zen
Só uma perguntinha:
Foi bom pra você também?

QUE MERDA QUE EU DEI — INTRO

Porque, às vezes, a gente faz merda mesmo.
A gente sente que tá tudo errado,
mas dá mesmo assim.
E, lógico, dá merda...

QUE MERDA QUE EU DEI

Que lixo, que desperdício
Que triste, que meretrício
Que ódio, que papelão
Que merda, que situação

O que parecia ser tão bom
Foi sem cor, sem gosto, sem som
Quero esquecer o que aconteceu
Acho que não era eu

Que merda que eu dei
Já esqueci, apaguei
Tchau, querido, tenho mais o que fazer
Melhor tomar sorvete na frente da TV

Não sei como eu fui cair na sua
Nesse seu papinho de ir ver a Lua
Devia estar a fim de ser enganada
Bêbada, carente, triste, surtada

E você se aproveitou desse momento
Fingiu de amigo, solidário no sentimento
Mas no fundo sabia bem o que queria
Como é que eu fui cair nessa baixaria?

Chega, vê se me esquece
Finge que não me conhece
Foi ruim, ridículo, sem sal
Vazio, patético, foi mal

O que parecia ser tão bom
Foi sem cor, sem gosto, sem som
Quero esquecer o que aconteceu
Acho que não era eu

Que merda que eu dei
Já esqueci, apaguei
Tchau, querido, tenho mais o que fazer
Melhor tomar sorvete na frente da TV...

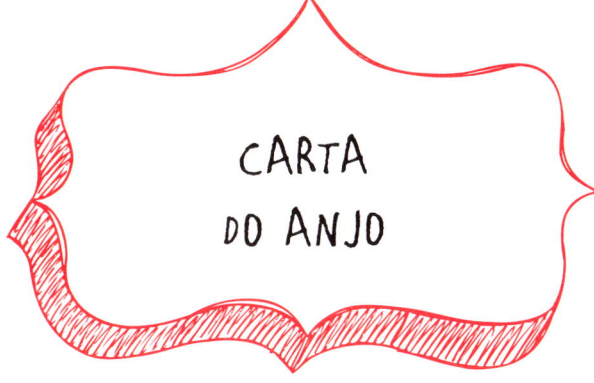

CARTA DO ANJO

Como é que você ia saber?
Você não tinha como adivinhar.
Não tinha como saber, tinha que viver
pra descobrir.
Não se culpe, meu amor.
O cara é um sedutor.
Lógico que não dava pra desconfiar.
Esse não é o perfil dele.
Era meio feio, parecia bem mais velho, não tinha
nem porte pra isso.
Mas era bem-humorado, leve, politicamente
incorreto, não fazia a menor questão de esconder
isso. E te fazia bem.
Eu me lembro de como você estava feliz.
Nossa, como você estava feliz, os olhos brilhando,
aquela sensação mágica de o mundo poder acabar
que estava tudo certo...

Ele te achava linda.
Você se achava linda.

Não dava pra imaginar que ele ia embora assim...
Tão preocupado em não te machucar, em te proteger, que sumiu de uma hora para outra menos de uma semana depois de dizer que te amava.
Como é que pode ser tão irresponsável?
E posso perguntar se você nunca sacou isso?
Porque, depois de um tempo, a gente se liga nos pequenos sinais desses
adoráveis meninos sedutores.
E acho que às vezes a gente até percebe, mas está tão feliz naquele momento, que foda-se o mundo.
É uma doce ilusão consciente.
E vai. De cabeça.
Sem rede de proteção.
Porque a gente acha que está preparada para o que der e vier, vive o momento e depois vê o que faz.
A gente tem intuição, mas quem quer parar de viver aquilo que está bom?
Que faz você sorrir o dia todo, ficar de bom humor, ouvir música no banho?
Você achava que ele jamais faria isso, eu sei, ele te contava tudo.
Quer dizer, dizia que te contava tudo.
Era meio enrolado, apagava o histórico de mensagens do celular.

Mas, mesmo assim, você achava que sabia onde
estava pisando.
Exatamente por ele não se vender um príncipe, se
mostrar real.
Mas o buraco era bem mais embaixo, eu sei.
Você não poderia imaginar.
Nem eu...
Talvez você nunca entenda o porquê.
Tem coisas que a gente não entende mesmo.
E não pire com isso.
Mesmo. Siga.
Você sabe que fez o seu melhor, mostrou o seu
lado mais bonito, mais puro, mais escondido.
E isso não é pra qualquer um.
Bom pra ver quanto amor existe aí dentro.

E não, você não vai se esconder de novo, não.
Não vai deixar de ser quem você é por um
pequeno desvio, por ter baixado
a guarda e acreditado numa história que nem teve
tempo de acontecer.
Quer dizer, aconteceu.
Durou o que tinha que durar.
E você viveu. Se jogou.
E sobreviveu.
Porque não dá pra andar pra trás.
Nem se conformar com o que é cômodo ou surtar
com o que você não pode mudar.

Nem sucumbir ao ego. Nem ao medo,
que paralisa a gente e nos deixa sem ação,
sem saber pra onde ir ou o que fazer.
Assim é essa vida louca.

De alguma maneira a gente sobrevive.
Porque experiência não se ensina.
Você tem que passar pelas coisas para aprender,
felizmente ou infelizmente.
Não tem outro jeito.
Cada um tem a sua história, o seu caminho.
De uma estranha maneira a gente vai ficando
forte, aprendendo que não é o que fazem
com você que importa.
Mas é o que você faz com o que fazem com você.
Namastê. May the force be with you.
Sempre.

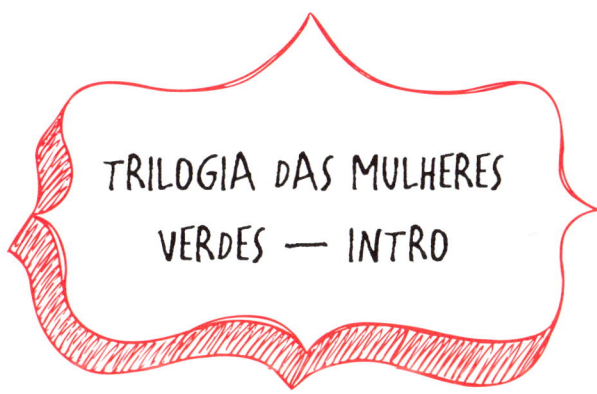

TRILOGIA DAS MULHERES VERDES — INTRO

Atualmente, na minha concepção de universo feminino, existem basicamente três tipos de mulheres: Alface, Rúcula e Quiabo.

Eu não sei o que acontece, qual é o mistério, mas os caras mais interessantes namoram e CASAM com as alfaces. Juro.
Sabe alface, sem sal, sem gosto?
A boazinha, bonitinha, certinha, que não bebe caipirinha, não dança sozinha, só bebe água?
Casa pra você ver.
Depois você vai querer sair e ela vai te amarrar em casa. Você vai querer tomar seu chopinho com os amigos, jogar seu futebol, ir ao happy hour e olha,vai ser um problema, meu amigo.
Ela vai te encher o saco.
Porque você não quis tentar a rúcula, né? Muito independente e descolada pra você…

Aí fica se enrolando com as quiabos e só se fode.
É, porque a quiabo é o tipo mais escorregadio,
xavequeiro e enrolado que existe.
Mas pelo menos faz os caras pedalarem
um pouco, né?

Porque, se dependesse das alfaces, o mundo
estaria perdido.
Alfaces, NOTA ZERO PRA VOCÊS.

MULHER ALFACE — INTRO

É o tipo de mulher que me irrita especialmente. E cada vez tem mais delas por aí.
Ela sempre fala que não sabia de nada e nunca tem culpa de nada.
É tão boazinha, coitada, nunca faria uma coisa dessas com você.
Sempre concorda com tudo, superboa moça. Ahã.
Se faz de sonsa, mas no fundo é uma dissimulada.
Sem sal. Sem açúcar. Sem pimenta. Sem tempero.
Vira as costas pra você ver.
Ela chega de mansinho, rouba seu namorado, suas ideias e ainda quer sair bem na foto.
Com cara de santa.
Sorry, aqui não.
Conhece alguém assim?

MULHER ALFACE

Sem graça, sem alça, sem classe
Se faz de santa, sonsa e tonta
Não tem mistério, nada de especial
Nunca sai do sério, falta sal

Fingida, toda dissimulada
De todas é a maior roubada
Verdade de plástico, sorriso de mentira
Concorda com tudo, ela nunca pira

Não dança sozinha, não bebe caipirinha
A garota certinha, sempre tão boazinha
Por que eles querem te namorar?
Pensam que podem te controlar?

Mulher alface sem naipe
Nota zero pra você
Coitadinho do cara
Que um dia for te comer

Se anula e não tem iniciativa
Finge sempre ser tão compreensiva
Tão falsa que seria uma ótima atriz
E você acredita em tudo que ela diz

No fundo ela te manipula
Segue sempre a receita da bula
Chega de mansinho como quem não quer nada
E se enfia logo no posto de namorada

Parece marionete programada
Só fala quando é acionada
Perigo disfarçado
Tua cara de alface molhada

Não é feia nem bonita
Não é chata nem legal
O que realmente irrita
Você é muito normal

Mulher alface sem naipe
Nota zero pra você
Coitadinho do cara
Que um dia for te comer

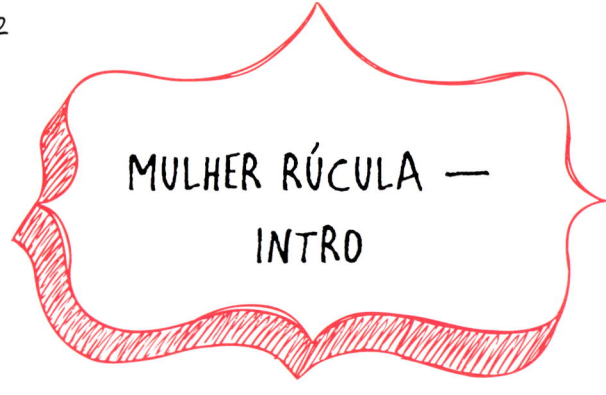

MULHER RÚCULA — INTRO

Vamos combinar, né?

Porque rúcula é muuuuito melhor do que alface...

MULHER RÚCULA

Ardida, interessante, engraçada
Apimentada, louquinha, meio malvada
Desinibida, sorri pra vida
Um pouco enrolada, às vezes bem decidida

Dança sozinha, entra sem carteirinha
O santo é forte, vive tentando a sorte
Espírito livre, à prova de fogo
Se não dá certo, ela vai lá e tenta de novo

Sai, alface, dá licença
A mulher rúcula faz toda a diferença
Goste ou não, tenho certeza
Ela nunca vai sair da sua cabeça

Esquentada, docinha, encrenqueira
Estressada, a mocinha é barraqueira
Inquieta, vive de dieta
Compulsiva, desconta tudo na comida

Às vezes tem chilique, às vezes fica zen
Às vezes fica brava, mas no fundo é do bem
Lógico que ela quer namorar
Mas não é desesperada pra casar

Meio de lua, na sua
Sincera, na dela, meio Cinderela
Fala quase sempre a verdade
Não esconde que tem saudade

Tem amigos do peito pra vida inteira
Se você vacilar, é direto pra fogueira
Quem conhece não esquece, não adianta negar
Mulher rúcula você tem que experimentar

Saaai, alface, dá licença
A mulher rúcula faz toda a diferença
Goste ou não, tenho certeza
Ela nunca vai sair da sua cabeça...

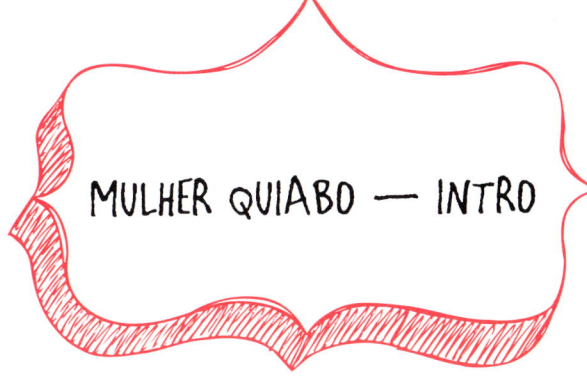

MULHER QUIABO — INTRO

A quiabo é o seguinte: você ignora, ela te adora.
Você dá um pé, aí ela te quer.
Ela é super 171, xavequeira, enrolaaaada.
Ela inventa um monte de histórias e você cai que nem um patinho.
Aí, achando que vai agradar, você dá flores.
E ela sai correndo de você.
Dá vontade de mandar ela pra p... pro inferno, mas ela é uma puta de uma gostosa.

MULHER QUIABO

Escorregadia, mas gostosa
Uma simpatia, ardilosa
Faz o tipo bonita, misteriosa
Esperta, atrevida, linda e mentirosa
Fingida e gostosa

Interessante, interesseira
Sedutora e xavequeira
Vive jogando, dando esperança
Te ilude e você se derrete
Faz o que ela pede, tudo que ela pede...

Sempre sai pela tangente
Diz que dessa vez vai ser diferente
Abre o olho, meu amigo, cuidado
Ela é quiabo

Folgada e bem resolvida
Manhosa e de bem com a vida
Às vezes travada, outras bem criativa
Você avança e ela faz doce, cheia de pose...

Você ignora, ela te adora
Você dá um pé, aí ela te quer
Não diz nem sim nem não
Muda de opinião
Acha que tem razão
E vive te deixando na mão
E te pisa no chão

Sempre sai pela tangente
Diz que dessa vez vai ser diferente
Abre o olho, meu amigo, cuidado
Ela é quiabo

Se você souber entender
Ela vai te surpreender
Se você souber lidar
Ela vai te impressionar
Agora, se você vacilar
Ela vai te enrolar...

TRILOGIA DAS VONTADES

QUERIA TER DADO, MAS...

Quem nunca, né?
Mesmo que só em pensamento...

QUERIA TER DADO, MAS EU TENHO NAMORADO

Queria ter dado, mas eu tenho namorado
Queria ter feito, mas não tive peito
Seria uma viagem, mas achei sacanagem
Queria ter tentado, mas eu sei que tá errado

Ia ficar com a consciência pesada
Séria com a cara abobada
Doce com cara de dada

Pose de moça prendada
Escondendo o jogo de cara lavada
Carinha de inocente, alma de safada

Eu tava a fim, mas não tive coragem
E agora fico aqui pirando nessa viagem
Fiquei dividida e não paguei pra ver
E agora, me diz, o que é que eu faço com você?

Ninguém ia saber e eu ia enlouquecer
De saudade, culpa e pensamentos proibidos
De vontade de ultrapassar o que é permitido
Curiosidade de saber o que você estaria sentindo

O momento passou e eu fiquei na vontade
No que teria sido, no se, no talvez
Ah, se arrependimento matasse
Quem sabe da próxima vez...

Eu tava a fim, mas não tive coragem
E agora fico aqui pirando nessa viagem
Fiquei dividida e não paguei pra ver
E agora, me diz, o que é que eu faço com você?

Queria ter dado, mas eu tenho namorado
Queria ter feito, mas não tive peito
Seria uma viagem, uma bela sacanagem
Uma doce tentação, um doce pecado pagão
Mas achei melhor não...

QUERIA TER DADO, MAS ELE ERA CASADO

Queria ter dado, mas ele era casado
Seria interessante, mas não levo jeito pra amante
Teria investido, mas pra mim não faz sentido
Queria estar aberta, mas seria encrenca na certa

Valeria o momento, a novidade, a sensação
A inspiração, a falta de intenção
O compromisso com nada
Desapego de fachada, a fissura saciada

Seria bom e eu ia querer mais
Ser feliz como todos os casais
Mas consumado o proibido, perderia o sentido
E o encanto do escondido

Queria ter dado, mas ele era casado
Seria interessante, mas não levo jeito pra amante
Teria investido, mas pra mim não faz sentido
Queria estar aberta, mas seria encrenca na certa

Eu ia ficar encanada, me sentir culpada
Sortuda e azarada, usada e abusada
Sacana e ousada, menininha depravada
Mulherão na maior roubada...

Comigo é inteiro e não pela metade
Eu ia passar vontade, investir na ilusão
Bancando a moderna, que segura a saudade
Ia quebrar a cara no chão

Ia querer sempre mais, o impossível
E você quase nunca estaria disponível
Promessas vazias, papinho furado
Eu ia quase acreditar que seria feliz do teu lado

Queria ter dado, mas ele era casado
Seria interessante, mas não levo jeito pra amante
Teria investido, mas pra mim não faz sentido
Queria estar aberta, mas seria encrenca na certa

Queria poder pagar pra ver,
Tipo foi meio assim, quase que sem querer
Ter deixado rolar, na mais santa paz
Sem culpa, sem pensar tanto no depois

Resolvido a fissura de uma só vez
Ter parado no tempo, ali, só nós dois
Sem frescura, sem joguinho, sem saída
Aí sim, seria tudo de bom nessa louca vida

QUERIA TER DADO, MAS ELE ERA VEADO...

Na hora H ele dormiu, virou de lado
Aquilo tudo tava muito complicado
Papinho de sempre, que estava cansado
Ali tinha algo muuuito errado

Eu tinha achado ele gatinho, descolado
Um belo de um amigo, interessante, interessado
Inteligente, diferente, moderno, atualizado
Uma graça, coisa quente, tipo assim, um achado

Achei legal que ele não quis me comer de primeira
Coisa rara hoje em dia na vida de solteira
Não estava acostumada com essa nova brincadeira
Adorei, fiz a fina, sem dar a menor bandeira
Mas nada acontecia e eu ficava de bobeira
Esperando o grande dia, a semana inteira

E aí, o que é que eu faço agora?
Tá cheirando a alarme falso, dou o fora?
Será que eu me iludi mais uma vez?
É só comigo ou acontece com vocês?

Comprei lingerie nova, resolvi abrir o placar
Pensei "Ah, ele é tímido, vai se soltar"
Aí mudou de assunto e saiu andando
E eu ali passada, desacreditando...

Como é que justo eu não percebi?
Ai, pelo menos se ele fosse bi
Pra que ele então alimentou essa situação?
Mais uma roubada para a minha coleção

E aí, o que é que eu faço agora?
Tá cheirando a alarme falso, dou o fora?
Será que eu me iludi mais uma vez?
É só comigo ou acontece com vocês?

Achei que comigo ia ser diferente
Que dessa vez escolhi bem o pretendente
Só que ele queria ser meu amigo
Amiguinho, confidente
Helloooo, já tenho amigos o suficiente

Queria ter investido, mas não tinha mais sentido
Tava morrendo de vontade, mas seria bom demais
pra ser verdade
Queria ter tentado, mas o príncipe
jogava do outro lado
Queria ter dado, mas ele era veado...

O DIA EM QUE O BONO ME PEDIU UM AUTÓGRAFO / QUERIA TER DADO, MAS NÃO FOI O CASO...

Os indianos têm uma expressão que é assim: "Don't crave". Traduzindo: não fissure.
Ou seja, quanto mais você quer uma coisa e fica na obsessão por aquilo, menos aquilo acontece.
E quando você desencana totalmente, as coisas rolam. Geralmente é isso, né?
Você sai com o cara, rola o maior clima, e nada dele ligar no dia seguinte.
E você esperando grudada no telefone. Fica vendo várias vezes se tem sinal e se não tem recado na caixa postal. Maior nervoso.
Agora, se você desencanar completamente, estiver toda ocupada e enrolada, e nem se lembrar da noite anterior, ele vai aparecer. Pode acreditar. Simples assim. Não sei qual a razão. Energia demais. Ou de menos. O fato é que ficar com a fixação em alguém ou alguma coisa só afasta a pessoa mais ainda de você.
Portanto, quando eu estava trabalhando na produção do show do U2 no Brasil em 98, eu tentei ao máximo desencanar de qualquer contato

possível com o Bono. Quanto maior a expectativa, maior a frustração. Don't crave. Tentei ao máximo não pensar enquanto eu ouvia as músicas do U2 e quanto a banda foi uma de minhas preferidas na adolescência.

As pessoas acham que quando a gente trabalha como intérprete de uma banda, a gente fica tomando drinques na piscina com os artistas o dia inteiro, mas não é bem assim, é trabalho duro. Pode até rolar um momento de sorte e você conhecer algum ídolo que admira, mas tem que ter deslumbramento zero. Nada de autógrafo, foto, tietagem. Senão, é demissão na hora.

Pois bem, um dia, quando eu menos esperava, passando apressada pelos corredores da produção, veio falar comigo um gringo que eu nunca tinha visto antes. Perguntou se eu poderia ajudá-lo, se eu tinha uns 10 minutinhos. Sim, lógico. Para quê? Ele não respondeu, apenas me levou pelo braço, pelos corredores e camarins e, de repente, inacreditavelmente, estava ali, na minha frente, Bono Vox. Como assiiim? Meu coração disparou, ao mesmo tempo em que eu precisava aparentar calma, profissionalismo e tranquilidade. O tal gringo era assistente pessoal do Bono e precisava de alguém para ensinar algumas poucas palavras em português para ele dizer no palco. Eeeuuu? Pppposso, lógico. Calma, calma. Não era possível.

Respira, Dani. De repente lá estava o Bono na minha frente, se apresentando: Hi, I'm Bono. Como se eu não soubesse... Surtei em silêncio. Muito difícil, aliás. Não aconselho.

Bono sorriu, me deu um beijo, "prazer", pediu um minuto dizendo que já voltava e perguntou se eu podia esperá-lo. Imagina, eu, esperar o Bono? Ahã... Ele tinha que terminar de ensaiar com a bateria da Salgueiro, que entraria mais tarde no palco com eles para tocar "Desire". Assisti ao ensaio da bateria da Salgueiro com o Bono, Edge e Larry e o tal assistente. Era tão surreal eu estar ali, e não ter com quem dividir, para quem ligar... Sabe a história de se beliscar pra ver se é verdade? Juro que me belisquei.

Quando acabou o ensaio, o Bono sentou do meu lado num sofá e disse que queria aprender algumas palavras em português. Além de "E aí, galera? Tudo bem?", ele queria dizer algo diferente, ligado ao futebol. Então, como a Irlanda tinha sido desclassificada nas eliminatórias da Copa do Mundo daquele ano (98), ele pediu que eu lhe ensinasse "Por favor, ganhem a Copa do Mundo pela Irlanda!!!". Ele aprendeu, fez uma colinha, e, na hora do show, quando ele falou isso, a galera delirou.

Pena que aquele ano a gente perdeu a final para a França...

Enquanto eu ensinava o Bono a falar em português, me lembrei das minhas pirações de adolescente, quando encanei que o pai dos meus filhos tinha que ter olhos azuis, e quase surtei quando descobri que o Bono preenchia esse quesito, portanto era forte candidato. Essa minha lembrança durou dois segundos, tempo suficiente para eu virar para ele do nada e pedir: "Can you take off your glasses, just for one moment?". Tipo pedindo para ele tirar os óculos (aqueles com as lentes vermelhas) só um minutinho... Para consumar meus delírios juvenis. Vê se pode. Ele disse não, é lógico. Bem-feito pra mim. Quem mandou você não se colocar no seu lugar, sua louca?, pensei. Mas aí passaram mais cinco segundos e ele foi abaixando devagarzinho os óculos e sorrindo, fazendo graça, mostrando que estava brincando comigo. Então eu vi seus olhos azuis. Lindos e azuis. Foram segundos que pareceram uma eternidade. Morri. Continuamos com os ensinamentos em português por mais alguns minutos, e, antes de eu ir embora e voltar à minha função de produtora, resolvi dar um disco meu (como cantora) para ele. Eu tinha acabado de gravar, e, por acaso, estava na minha bolsa/pochete. O disco era infantil, gravei com crianças de uma creche, e se chama *O Sonho da Sereia*. Para a situação não ficar ridícula, perguntei na maior inocência se ele tinha filhos. Na hora ele respondeu: "Why, do you want to make some?". (Por que, você quer fazer alguns?) ."Now?" (Agora?), perguntei, surpresa. Ele então riu, beijou minha mão, falou que era brincadeira (pena...), pegou meu disco e me pediu que o autografasse em nome dos três filhos dele. Soletrou nome por nome. Como assiiiim? Eu, dando autógrafo pro Bono? Sério isso? Fiquei feliz pro resto da vida. Cheguei a pensar que aquilo era um sonho e eu não queria acordar. E, nessas horas, impressionante como não tem nenhum amigo pra dividir a situação, olhar pro lado e falar "não acredito que isso tá acontecendo..." Tudo muito surreal.

Eu ainda teria mais uma surpresa. Duas horas depois, quando o show começou, ele falou tudo que eu ensinei em português durante a introdução de "I still haven't found what I'm looking for", a música que sempre foi a mais especial do U2 pra mim. E ficava olhando para o lado do palco onde eu estava buscando aprovação, tipo vendo se a pronúncia estava certa. Foi lindo. Chorei que nem criança. Foi um dos caras mais incríveis que eu conheci. Fala baixo, olha nos seus olhos e é bem-humorado. Ainda pediu conselhos para cuidar da garganta (queria saber se gengibre é bom) e perguntou o que eu achava do U2 vir fazer shows menores aqui no Brasil, para umas 2.000 pessoas. Tipo o que eu

achava. Tipo o Bono pedindo conselhos pra mim.
Tá. Eu acho óóótimo...
E canta bem. E tem olhos azuis. Sem mais.
Anos depois, em 2006, o U2 veio ao Brasil de novo.
Eu trabalhei no show de novo. Mas, dessa vez, não
tive a chance e a sorte de ensinar as palavras a ele
em português.
Mas, numa festinha bem privada no hotel logo
depois do primeiro show, tive a chance de falar
com ele de novo.
Segue o diálogo:
"Bono, você se lembra de mim? Fui sua intérprete
da última vez que você veio ao Brasil, te dei um
disco para crianças, perguntei se você tinha filhos
e você perguntou se eu queria fazer alguns com
você... Lembra?".
Ele me olhou, olhou, sorriu e falou:
"Não, não era eu".
Eu falei: "Lógico que era você. Eu jamais
esqueceria um convite desses... Depois você riu,
pediu desculpas, falou que era brincadeira e beijou
minha mão".
Ele falou: "Ah, então com certeza era eu..."
Ele riu, me deu um beijo no rosto, um abraço e foi
conversar com o Quincy Jones.
O diálogo foi esse, então, sinceramente, não sei se
ele se lembrava de mim ou não.

Tanta gente, tantos países, tantas línguas, tantos momentos.
Mas eu lembro até hoje. E, na época, foi superimportante pra mim.
Então, lembre-se, quer dizer, pelo menos tente: Don't crave, não fissure. Às vezes pode dar certo. Lógico que não é pra esperar as coisas caírem do céu e se trancar em casa. Dê o primeiro passo. Plante a semente. Faça a sua parte. E deixe rolar. Quando você menos esperar, de onde você menos esperar, e de quem você menos esperar.

PRIDE, IN THE NAME OF LOVE.

HOMEM SATÉLITE — INTRO

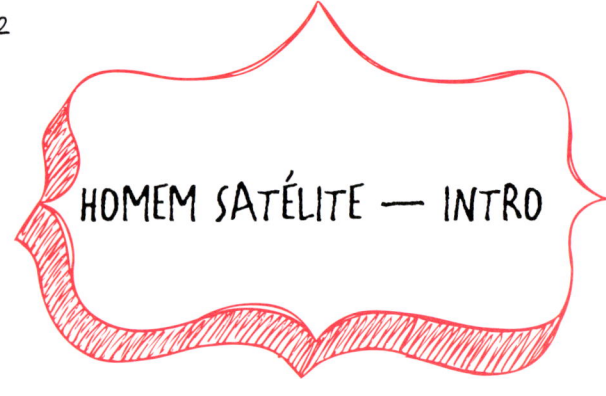

Tenho uma amiga que anda saindo com
um cara de vez em quando.
Quando ele quer. Não é namorado,
não é ficante, nada definido.
Ele liga, muitas vezes no meio da madrugada,
fala "vem aqui" e ela toma um táxi e vai.
Tipo delivery.
E depois se sente um lixo.
Aí eu pergunto: essa mulherada tá carente
num grau que precisa fazer isso?
Porque o caso aqui nem é sexo por sexo.
Se fosse, tudo bem, cada um sabe o que faz.
O que pega pra mim é que os caras alimentam
uma história furada com umas desculpinhas de
merda e as meninas acreditam.
Depois caem na real, se arrependem.
Até o cara ligar na próxima vez e começar tudo
de novo...

Pra mim, esse tipo de cara tem nome:
HOMEM SATÉLITE.

O pior é que a menina não consegue falar o que pensa na cara dele. E fica com raiva de si mesma. Porque tem medo. Fica cheia de dedos com medo do cara sumir se ela cobrar alguma coisa. Então vai engolindo sapos.
Ele fala que vai ligar e não liga.
E a menina fica esperando, e, mesmo que diga que não, fica checando a cada cinco minutos o telefone pra ver se está mesmo funcionando e se está com sinal. Desmarca todas as possibilidades de baladas com os amigos porque talvez vá sair com ele.
E ele não liga.
E ela fica esperando até altas horas da madrugada.
Tadinho, ele deve ter se enrolado no trabalho.

É complicado nessas horas, mas a real é que pra muita gente é mais fácil não atender o telefone ou não ligar do que encarar a situação, falar a verdade. Que dói, mas cura.
Porra, mas então não promete que vai ligar, né?
Eu vou respeitar muito mais um cara que diga a verdade na minha cara, por mais dura que seja, do que um cara que suma pra não ter que dizer que não está mais a fim.

Mulher, às vezes, é muito burra, né?
As evidências estão todas ali e só ela não quer enxergar.
Quando o cara realmente está a fim, ele liga.
Se ele se enrolou no trabalho, se desenrola pra te ver.
E, se não conseguir se desenrolar, te liga fofo pedindo desculpas e avisa que vai se atrasar.
Simples assim.

Porque a gente não enfia na cabeça que se ele não ligou não é porque foi atropelado ou perdeu seu telefone.
Foi porque ele não quis. Ponto.
O fato é que o homem satélite só liga pra te manter na agenda de contatos. É cruel, mas real.
E fica puto quando alguém diz isso pra ele.

O que é mais foda nesse tipo de cara é que ele não te libera para ser feliz.
Ele quer, de alguma maneira, te manter sob o domínio dele.
Então, quando te encontra é superfofo, carinhoso, mas não deixa claro que é só uma aventura.
Fica te enrolando, falando que você é especial, mas não dá um passo além.
Também não some de vez.
Fica alimentando uma história com migalhas.
É adepto da trepada de vez em quando. Quando ele está a fim.

Aí, quando ele sente que você está quase se libertando, te convida pra sair.
E começa tudo de novo...
Acha que é o centro do universo e que o mundo gira ao redor dele, inclusive você.
Sinceramente? Sai fora.
Tremenda roubada.
Tá cheio de gente bacana por aí.

HOMEM SATÉLITE — PRETENSÃO DE SOL

Queria ser o Sol, com os planetas em volta, à disposição
Se esquiva sem dó, inventando mentiras totalmente
sem noção
Omite a verdade bancando o bonzinho, o bom coração
Alimentando uma história que acabou,
só pra te ter na mão

Fala que não quer te ver sofrer
Mas é o que mais sabe fazer
Se enrola com cada desculpa esfarrapada
Querendo mostrar que nunca tem culpa de nada

Uma mentira, uma carta sem selo
Um sonho feliz que virou pesadelo
Uma ilusão de amor perfeito
Tchaaau, você veio com defeito
Faz o tipo discreto charmoso, interessante gostoso
O bom moço interessado, o misterioso descolado

Um come-quieto todo errado
que não quero do meu lado
Zé Mané disfarçado de príncipe encantado

Some sem te dar qualquer notícia
Nisso ele é especialista
E, quando muito, deixa um recado
Coitado, ele é muito ocupado

Uma mentira, uma carta sem selo
Um sonho feliz que virou pesadelo
Uma ilusão de amor perfeito
Tchau, você veio com defeito

No fundo você vive num vazio sem saída
Tapando buraco da sua alma perdida
Usando as pessoas pra curar sua solidão
O mundo não precisa de você, bonitão

Uma mentira, uma carta sem selo
Um sonho feliz que virou pesadelo
Uma ilusão de amor perfeito
Tchaaau, você veio com defeito

Uma ilusão de contos de fada
Sinceramente? Que puta roubada
Uma ilusão de amor infantil
Satélite, vai pra puta que pariu

HOMEM SATÉLITE — CARTA DO ANJO

A real é que quando o cara realmente está a fim, ele te liga 12 vezes por dia, fica te mandando várias mensagens e tudo o mais. Até conseguir falar com você. E quando o mesmo cara que fala que não queria te namorar aparece com uma alface qualquer e NAMORANDO dois dias depois? Oi?
Vai entender que ele ficou inseguro de te assumir (algumas mulheres assustam alguns caras), ou é um babaca mesmo.
A gente não tem como saber. Porque num primeiro momento todo mundo se mostra legal e do bem. Pode não ter dado certo por "n" motivos. Mas como de repente aquela pessoa tão legal se transforma em alguém tão sem naipe? Não dá pra saber. Tem que viver pra descobrir.

O medo é saudável. Sofrer é necessário.
Levar porrada da vida idem.

Você fica mais forte.
Porque quando a gente se levanta é indescritível.
A melhor das sensações. É renascimento.

Quem evita isso é pequeno, covarde, não quer atravessar o rio. Quem não vive não aprende.
Não sabe. Não sente.
Experiência não se ensina.
Você tem que passar pelas coisas para aprender.
Pelas boas e pelas ruins.
E quem não paga pra ver não me interessa.
A única coisa que eu posso dizer disso tudo é que é melhor se libertar o mais rápido possível desse tipo de cara em vez de ficar quebrando a cabeça pra tentar entender. Ou ficar se consolando com desculpas que a gente sabe que não são verdade.
Eu sei que não é fácil.
Mas, acredite, tudo passa.
E o melhor sinal de que você se libertou
é quando não fica mais pensando onde a pessoa estaria a tal hora ou o que estaria fazendo em tal momento.
A sensação de ter sua vida de volta
é a melhor possível.
De que o rumo dela está nas suas mãos,
melhor ainda.
Como se diz no Caminho de Santiago de Compostela: Adelante, peregrino!

HOMEM MOSCA — INTRO

Sabe mosca de padaria?
Que fica sobrevoando bolo, coxinha?
Que enche o saco de tanto rondar?
Então... O homem mosca é o tipo do cara que fica te estudando, te sacando, fala que vai te convidar pra sair e nunca convida.
Você sabe que ele visita escondido sua página no Facebook, te acha interessante, mas não evolui.
Fica cheio de gracinha, brincadeirinha, sabe assim?
Tentando, quem sabe um dia você morde a isca?
Mas na hora H ele sai pela tangente.
Não quer correr risco, tem medo
do fora,
da invertida.

É o famoso não fode e não sai de cima.
Aí, se por acaso você resolve dar uma brecha, ele some.

E olha que você nem estava tão a fim.
Só que ele não vaza.
Fica ali, sempre de olho, na espreita.
E não toma uma atitude.
E não venha me falar em timidez.
Existe uma linha bem tênue entre
ser tímido e ser cuzão.

É diferente de timidez. É um cara que,
por medo de levar um não,
fica só na possibilidade
do se.
Incomoda. Enche o saco com
sua presença invisível.
E aí o tempo passa, o momento também,
e ele continua um zé-ninguém.

HOMEM MOSCA

Sobrevoa, sobrevoa e não mira
Ronda, ronda e não atira
Não pica, não morde, não diz a que veio
Só fica em volta, sufocando bem no meio

Não inventa, não tenta, não aguenta
Não foca, não mira, não experimenta
Não investe, não pira, não se orienta
Não rola, demora, sem sal nem pimenta

Homem mosca, coisa tosca, vai embora, até mais
Sai da minha frente, vê se me deixa em paz
Homem mosca, coisa tosca, você vai virar piada
Toma um rumo, meu amigo, quem quer
tudo não tem nada

Me olha com cara de nada
Não seduz e só atrapalha
Tem medo do risco, de qualquer consequência
Então se tranca em casa, haja paciência

Ronda, ronda e não toma uma atitude
Esperando que do nada tudo mude
Quer marcar território, mas não tem direção
Não tem foco, não tem graça nem colhão

Homem mosca, coisa tosca, vai embora, até mais
Sai da minha frente, vê se me deixa em paz
Homem mosca, coisa tosca, você vai virar piada
Toma um rumo, meu amigo, quem quer
tudo não tem nada

HOMEM PF — INTRO

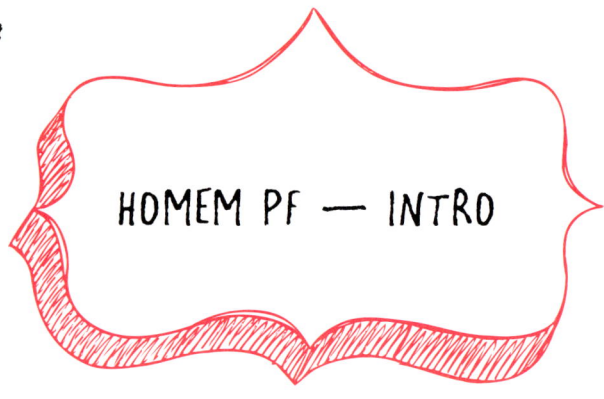

Aí estamos diante de um raríssimo exemplar.
Nem precisa ser pra casar.
Mas é pra guardar pro resto da vida na cabeça
que existem caras assim.
Seguros, sem medo, sem papo-furado,
sem precisar inventar um monte de baboseiras
pra te levar pra cama.
Menos é mais.
Homem PF, chega mais!

HOMEM PF

Ponta firme, prato feito
Sem frases de efeito
Não banca o perfeito
Delícia de sujeito

Decidido, nem liga se é bonito
Mistura boa, não magoa
Banca a história, o momento
Paga pra ver o que tem direito

Homem PF, faça clones de você
Tá cheio de mané precisando aprender

Pode vir e fica à vontade
Me interessa a sua verdade
O colorido da amizade
Todas as possibilidades

Sabe o que quer, sem trauma do não
Vive sem medo, sem encanação
Direto, objetivo, sem enrolação
Beeem melhor que arroz e feijão

Homem PF, faça clones de você
Tá cheio de mané precisando aprender...

QUANDO O CARA ENCANA COM VOCÊ

Eu sempre quis saber o que realmente leva um cara a se apaixonar por uma garota, qual o encanto.
Por que ela?
O que o leva a escolhê-la?
Tenho uma amiga que era apaixonada por um diretor de TV. Tinha certeza de que ele era o homem da vida dela.
Fez que fez até conseguir conhecê-lo.
Tiveram um caso, rolo, romance.
Ele era solteiro e nunca assumiu nada com ela.
Aí, do nada, o cara resolveu casar com uma menina tosca, sem sal, sem naipe. Com toda a modéstia, a minha amiga, garota bacana, se perguntava: "Por que ele preferiu ficar com ela? Tinha tão mais a ver comigo..."
E de repente até tinha mesmo.
Eu vejo isso acontecer direto.

As pessoas se conhecem, ficam juntas, a menina na maior expectativa e o cara some... Diz que precisa ficar sozinho, que precisa de um tempo pra ele, todo aquele discurso.
Aí você descobre que logo depois ele começou a namorar outra garota. E você se pergunta:
"Mas por que ele não quis ME namorar?".
Esse é o mistério. Muitas vezes parece que a garota não tem nada de mais, é tão bobinha.
Mas foi ela que ele quis. Foi ela que ele escolheu.
Por quê? O que ela despertou nele?

Vivo perguntando para os meus amigos homens, mas confesso que, pra mim, continua um mistério, sem explicação.
Nada que me convença, nenhuma fórmula.
Não consegui chegar a nenhuma conclusão.
Nada que me convencesse.
Tem a ver com momento? Sim.
Tem a ver com química? Sim.
Mas tem algo a mais...
Algo que faz com que o cara queira ficar com você pra sempre.
Que encane com você.
E que, pra mim, vai continuar sendo um mistério. Ainda bem.
Afinal, o que o John viu na Yoko?

MOTOQUEIRO — INTRO

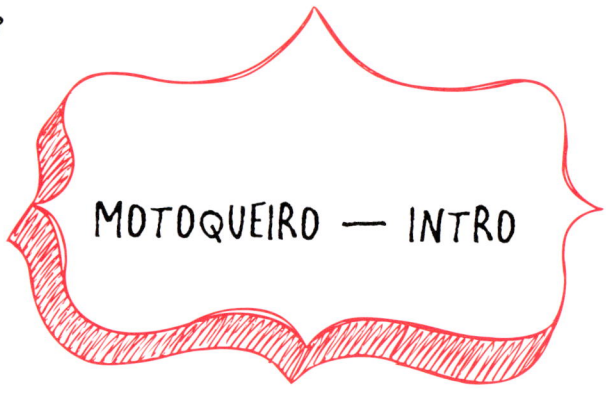

Essa sai um pouco do contexto.
Mas foda-se, eu adoro.
Tem a ver com ser mulher e dirigir em São Paulo.
Escrevi no carro, na fúria, no caos do trânsito.
Entre xingamentos e fechadas.
Caminhos e cantadas.
Atalhos e roubadas.
E publiquei na revista *VIP*.
Teve um motoboy que não gostou e respondeu na mesma moeda.
Fúria em forma de poesia. Adorei!

MOTOQUEIRO

Motoqueiro, não te quero
Vai embora ou te atropelo
Sai da frente, sai de mim
Não mexe com quem não tá a fim

Vive cortando meu caminho
Quebrando meu espelhinho
Xingando todo mundo, fechando meio mundo
E posa de bacana quando fecha o sinal
E ainda tem a cara de pau de achar tudo isso normal

Para de ficar me olhando, olha pra frente
Para de ficar babando nesse capacete
Sai de fininho, mansinho, bonzinho, bonitinho
Acelera aí teu brinquedinho...

Fica olhando na minha janela
Descaradamente para as minhas pernas
Quer o quê? Que eu beije você?
Nome, telefone, CIC, RG?

Não é nada contra a sua profissão
É essa sua atitude errada, sem noção
De ficar invadindo meu espaço, meu astral
Na boa, isso é pecado, assédio visual

Motoqueiro, fica na sua
Você não é o dono da rua
Vai fazer outra coisa, jogar futebol
Tchaaau, querido, abriu o farol!

MOTORISTA METIDA — RÉPLICA

*Especialmente para Daniela Mel,
autora de "Ode aos Motoqueiros"*

MOTORISTA METIDA

*Motorista, não embaça
Só reclama da vida
E o farol já está aberto
Mas ainda não deu a partida*

*Sem contar a poluição sonora
Que a gente encontra em cada esquina
Pois ela não tira a mão
Da porcaria daquela buzina*

*Se quebramos o seu espelhinho
Isso não traz desvantagem
Pois dentro do carro tem outro
Pra retocar a maquiagem*

*Com relação às suas pernas
Fique tranquila, não se irrite
Não olharíamos para elas
Se estivessem cheias de celulite*

Pois o que é bonito é pra se olhar
Quanto ao beijo eu já aceitei
Pena que o capacete atrapalha...
E nós andamos de acordo com a lei

E pra você e todos os outros
Que costumam generalizar
Invejem quem tem a coragem
De respirar liberdade no ar

HOMEM TELEMARKETING — INTRO

Você já deu o fora nele vááárias vezes e nem assim ele desiste.
E não é que você deu uma brecha, uma esperança, deixou uma porta aberta. Não, nada.
Mesmo assim, ele não desiste.
Uma cara de pau impressionante.
E não é que ele te convida pra sair, bonitinho, jantar, tomar um vinho.
Não, nem a esse trabalho ele se dá.
Lei do menor esforço.
Umas cantadas sem noção, qualquer nota,
via Facebook, via whatsApp.
Quer que você vá até ele, tipo delivery. E às vezes até namorada ele tem, e não faz a menor questão de esconder.
Não sei se é sem noção ou folga mesmo.
Muita folga.
Preguiiiiiça de gente assim...

Aí pensei: qual a coisa mais chata que existe?
Que mais irrita na vida?
Que é insistente, invasiva e sem criatividade alguma?
Telemarketing, lógico.
Então, esta é para todos os caras malas e suas cantadas sem noção...

HOMEM TELEMARKETING

A lei do menor esforço pra te levar pra cama
O mesmo xaveco sem graça todo dia, toda semana
Uma folga surreal, tipo vamos ver se cola
Insistência fora do normal, quem sabe rola...

Atira pra todos os lados se fazendo de morto
Mas nunca sai da zona de conforto
Quer lucro sem esforço nenhum
Um cara de pau fora do comum

Não tem paciência para a conquista
Que papo furado, volta pra pista
Quer tudo fácil, que eu me entregue de bandeja
Por um capricho, um desejo, uma cerveja...

Oooi, se fosse o caso, já teria rolado
Se eu quisesse, já teria dado
Se enxerga, esse capricho tá ridículo
Você não precisa disso no currículo

Acorda, se convence que não está arrasando
Se liga, que dessa vez não está colando
Parte pra outra, volta pra sua agenda
Sai de mim, volta pro mar, oferenda

Não é doce da minha parte nem joguinho meu
Eu não tô a fim, se você ainda não percebeu
Olha, até deve ter mulher que cai, mulher que ri
Me faz um favor? Se dá ao respeito e vaza daqui

Não tô aqui pra resolver fissura alheia
Não é culpa minha se você só pega mulher feia
O mundo mudou, mas eu não
Sou a mesma que vai te deixar de novo na mão...

QUANDO O PÓS-VENDA É UMA MERDA

Pelo menos uma mensagem, um telefonema, um emoticon, um oi, um café...
Está tudo tão descartável hoje em dia, mas poxa, um mínimo de delicadeza poderia existir.
Ninguém fala em flores ou bombons.
Digo um oi mesmo. Um valeu.
Algo para selar um momento, uma noite, uma rapidinha, uma transa numa noite.
Que pode ter sido boa ou não.
Você trocou intimidades com aquela pessoa.
Fluidos. Old fashion? Talvez...
Mas, por mais que não seja a pessoa da sua vida, que você não queira alimentar nenhuma história, que você seja comprometido, não custa, né?
Mandar um oi no dia seguinte.
Um sinal de vida.

Não uma declaração de amor.
Ninguém fala em virar chiclete, grude, ou dar
esperanças de algo que não vai mais rolar.
Que seja mandar um olá para fazer a manutenção
da agenda, como diz um amigo.
Falo em um mínimo de dignidade mesmo.
De decência num mundo onde está tudo tão fugaz.
Vazio.
Por mais bem resolvida que a pessoa seja.
E se a pessoa do outro lado interpretar
como um sinal de que você está a fim dela
e começar
a colar em você? Aí pode sumir.
Se ela quiser se enganar e se iludir,
é problema dela.
Mas, se for uma pessoa razoável, vai entender e
ficar na dela, na paz.
Feliz e satisfeita com o produto.
Vai até comprar de novo quando precisar.
Faz toda a diferença. Fica a dica.
E volte sempre.

O QUE ME ENCANTA

O que me encanta é a imperfeição.
Dentes tortos, barriga de chope, marcas no rosto,
futebol com os amigos, tá tudo certo.
Pode ser gato também, não me incomodo.
Paguei e pago pra ver até hoje o que me encanta,
o que me instiga, o que me inspira.
Um sorriso, uma declaração
assumidamente esfarrapada, uma verdade
no meio de tanta trapalhada.
Eu acredito que sempre pode haver
algo interessante em alguém.
E, quando eu acredito, vou lá ver.
Às vezes me arrependo, mas na maioria
das vezes não.
É sempre uma história a mais,
geralmente interessante e surreal.
O cara às vezes pode ser o mais lindo
do mundo e vazio, chato.

Gente que não presta atenção no que você diz, que só fala de si mesmo, que não interage, não rola.
O que me encanta é um detalhe. Um sotaque, uma certa timidez, o jeito de andar, dirigir, algo que faz com que aquela pessoa se torne única, especial, engraçada.
Porque gente igual e perfeitinha é um saco.
E gente muito feliz também.
Não, obrigada.

DOUTOR PAPINHO — INTRO

Ou ele é casado, ou tá se separando, ou
namorando, ou tá mentindo...
Diz que nunca sentiu isso por ninguém, que você
é tudo o que ele sempre quis na vida.
E que vai se separar.
Da namorada, da mulher, da esposa, da amante...
No começo parece até verdade, você até se
empolga e acredita.
Mas depois vai vendo que é tudo papo furado.
Ele não larga dela.
Por comodidade, medo, falta de colhão,
ou porque gosta dela mesmo.
Mas também não deixa você ir.
Ele acha que só porque te contou que é
comprometido, tá tudo certo, que limpou
a barra dele.
Acha que tá sendo honesto e lava as mãos.
Pra se livrar da culpa.

Se você se machucou é problema seu.
Porque ele avisou.
E não faz nada pra mudar essa situação.
Muitas vezes você nem sabia da namorada.
Até se envolver com ele.
Aí você começa a se ligar que ele é uma farsa: o Doutor Papinho.

DOUTOR PAPINHO

Diz que me ama e vai se separar
Que ela não significa mais nada
Que é comigo que você quer ficar
Xiii... lá vem roubada

Diz que não gosta dela de verdade
Que ela nem é a mulher da sua vida
Mas não faz nada pra mudar
Tirando onda de vida dupla proibida

Só que não anda pra frente
E empaca na decisão
Vai enrolando as duas
Vai acabar é ficando na mão

Se já sabe que não é ela
Segue teu caminho
Porque quem escolhe muito
Acaba ficando sozinho

Você fala, fala e não faz
Conta história pra tudo que é lado
Um dia a casa cai, rapaz
E juro que não vai ser engraçado

Fica nessa enrolação
No começo é até bonitinho
Cara de pau ou sem noção?
Muito prazer, Doutor Papinho

Isso logo, logo vai cansar
Papo furado tem limite
Minha fila vai andar
Largo você pelo Brad Pitt

É muita promessa vazia
Sedução inconsequente
Por que a gente sempre acredita
Que dessa vez vai ser diferente?

E nem deu tempo de terminar
Acabou tudo tão de repente
Na verdade, acabou sem começar
Cicatrizou torto e sem band-aid

Um dia a gente ainda vai se cruzar
E você ainda vai estar enrolado
Com mil histórias mirabolantes
E uma trouxa do seu lado

Uma pena, meu amor
Gostei de você de verdade
Eu tentei, mas não consigo
Eu não sei viver pela metade

Quando te encontrar
Não vou nem fingir que dói
Minha vontade vai ser gritar
Já era, perdeu, playboy!

DOUTOR PAPINHO NÍVEL AVANÇADO — ABORDAGEM AGRESSIVA — INTRO

Ele é o cara mais legal do mundo. Só que não... Na teoria, te acha incrível, linda, gostosa, nunca sentiu isso por ninguém, vira seu melhor amigo muito rápido. Te conta várias histórias, te acha o máximo. Até que te beija. E, menos de cinco minutos depois, já enfiou a mão na sua bunda, por dentro da sua calcinha. Você tira a mão dele. Ele põe de novo. E assim vai, noite adentro. Ele age como se fosse normal essa putaria desenfreada. Fica falando em que posição vai te comer e um monte de sacanagem no seu ouvido. Normal se fosse seu namorado, ou alguém com quem você tenha uma relação de intimidade. Não um cara que você acabou de conhecer e com quem está saindo pela primeira ou segunda vez. E ainda diz que quer ter um compromisso sério com você. A sensação é que, pra ele, mulher bem resolvida dá na primeira

noite. Até dá, se for o caso. Mas, se não estiver a
fim, não dá. Ser bem resolvida é se respeitar.
Você fica se perguntando como é que esse cara já
foi casado, já teve namorada... Com esse nível de
baixaria, tão raso, tão pobre, tão sem noção?
Ele diz que temos a vida toda pela frente. Diz.
Mas não é o que faz. Se puder, te come (mal)
e sem camisinha.
Usa o seu sonho pra tentar se aproximar mais e
mais, pra entrar num lugar em que jamais entraria
por mérito próprio, sempre falando que vai te
apresentar alguém, que tal pessoa é superamiga
dele, que você tem muito talento, e que é lógico
que ele vai te ajudar. Isso é das coisas de mais baixo
nível ever. Sujo. Baixo. Abaixo de ser sem naipe.
E ainda diz, com a maior desfaçatez da vida, que
não quer forçar a barra e que ficou realmente
seduzido pelo seu coração. Juro.
Preguiçaaa master.
Fala sério, né?
Então, lá vai...

DOUTOR PAPINHO NÍVEL AVANÇADO

Carinha legal
Papinho bacana
Mãozinha que vai
Cabecinha sacana

Vai tentando como quem não quer nada
Tateando sem freio o que vier pela frente
E se encontrar alguma adversidade
Atropela tudo e ainda faz o tipo carente

Quer que eu me sinta careta e mal resolvida
E ache normal esse monte de baixaria sem limite
E a gente mal se conhece, se esbarrou pouco nessa vida
E não te dei a menor intimidade, nem brecha, nem convite

Cheio de histórias e promessas
E uma fissura descontrolada
Então pra que tanta pressa
Se era muito mais que uma trepada?

Não sou exatamente o que você quer
Verdade que sou mais evoluída que a Mulher Alface
Mas tem coisas que não se diz pra uma mulher
Guarda pra você, isso é muita falta de classe

No começo eu até que tava a fim
Mas depois senti que era roubada
Acabei perdendo a vontade
Quem fala muito geralmente não faz nada

Muda o foco, vai pescar
Não é a sua insistência que vai me convencer
Deixa rolar, sem forçar
Aí, quem sabe, um dia eu dou pra você...

PLANTÃO NA PORTA DO CABELEIREIRO

Conquistar uma pessoa.
Tem um tipo de cara que, não conseguindo isso pelos próprios méritos, apela para algo c ruel, escuso, grotesco.
Um tipo de poder que faz a pessoa se achar acima do bem e do mal.
Promete algo que sabe que nunca vai cumprir, para em troca se aproveitar de sua fragilidade, inocência e vulnerabilidade. Vai comendo pelas beiradas, te enrolando, se aproximando, se fingindo de amigo e, de repente, você cai na real e se dá conta de quem ele é. O pior é que ele realmente acha que está abafando e acredita que você vai cair na dele.
Até que a ficha cai. E você acorda. E sai andando.
Pra bem longe dele.
Vai vendo...

Ninguém me contou. Aconteceu comigo. Naquela época, meu maior sonho era ter um programa de TV para crianças. E encasquetei que, se alguém poderia me ajudar, seria ele, o maior apresentador de TV do Brasil. Que também era dono de uma das maiores emissoras de TV do país. Eu não tinha nada a perder, então resolvi ir atrás dele. Mas por onde começar? Eu sabia que ele ia sempre ao salão Y, de seu cabeleireiro e amigo pessoal, lá nos Jardins, em São Paulo. Mas como saber exatamente quando? Liguei na emissora, descobri os dias e horários em que havia gravação do programa dele e fiz as contas. Eu sabia que ele jamais iria gravar sem dar uma passadinha ali para dar um trato no cabelo. Portanto, aí começava o plano.

Quando cheguei ao salão, no dia em que ele estaria lá, é óbvio que não me deixaram entrar. Com os mais diversos argumentos, disseram que eu não podia ficar ali dentro, mesmo como cliente, que o salão estava cheio. Estranho para uma terça-feira de manhã, não? Talvez tivessem desconfiado de alguma coisa, porque mesmo falando bem e com educação, eu era uma menina toda vestida de preto, com o cabelo muito loiro e muito comprido, até o joelho, cheio de mechas coloridas, rosa e azuis.

Não podia fazer um coque ou usar um disfarce, porque a qualquer momento poderia encontrar meu ídolo apresentador e queria causar um certo impacto.
E agora? Bom, a calçada era pública, a rua era pública. Então, fiquei esperando lá fora, dentro de um café que havia na esquina.

Eis que o apresentador sai do salão e entra em seu carro, que já o esperava à porta. Era o momento. Coração na boca. Saí correndo, não quis nem saber, e fui até a janela do seu carro.
– Ídolo, dá licença, preciso falar com você, por favor.
– Como é que eu posso te ajudar, menina? – ele perguntou, surpreso e simpático.
– Olha, eu sou cantora, faço música para crianças e quero trabalhar na TV. Me ajuda?

Entreguei uma pastinha com um *release*, poesias, fotos e uma fita VHS.
– Mas o que você quer exatamente? – ele falou.
Eu tinha 22 anos e queria realizar meus sonhos, cantar, gravar um disco, apresentar um programa para crianças na TV. E estava lá, com a pessoa que poderia fazer isso tudo acontecer.
– Ídolo, quero muito trabalhar na TV, está tudo nessa pasta que eu te dei.
Por favor, veja com carinho.

Ele sorriu, olhou a pasta, colocou no banco do
carro e falou:
– Tá bom, vou ver, sim, muito obrigado,
qual é o seu nome?
– Daniela – respondi.
– Bonito nome. Daniela é o nome da minha
filha mais nova.
– Então, é pra você não se esquecer de mim.

Ele apertou minha mão (lembro bem disso
até hoje, um aperto forte, firme), deu um
sorriso e foi embora.
Uma semana depois, toca o telefone na casa
dos meus pais (eu ainda morava com eles).
Era da emissora dele. A secretária do diretor X.
Dizendo que, por indicação do maior apresentador
de TV do Brasil, o diretor X queria falar comigo.
Eu não acreditei. Chorava que nem criança.
Viu? Eu falava... Viu como é possível acreditar
nos sonhos? Meu ídolo mandou ligarem
na minha casa!
Tudo pode acontecer.

E lá fui eu, sozinha, com os cabelos coloridos,
cabeça cheia de sonhos, olhos brilhando,
conversar com o tal diretor X. Ele foi simpático,
até demais. Até o nosso terceiro encontro, quando
percebi que talvez ele estivesse me enrolando.

Ele falava de tudo, da emissora, sugeria que talvez
a apresentadora de programas infantis fosse sair
e eu pudesse entrar no lugar dela, que eu podia
gravar um disco, que as minhas músicas eram boas,
do iate que ele tinha em Angra, dos dois filhos etc.
etc. etc. E não definia nada. Só me enrolava.
Eu não cobrava. Esperava. Achava que alguma hora
alguma coisa iria rolar. Eu não queria forçar a barra
pra não ser chata. Se eu tinha chegado até ali, com a
bênção de meu ídolo, então tinha que dar certo.

Mas não deu. Tive certeza do naipe do cara
quando, um dia, depois da conversação de sempre,
emissora-disco-iate-apresentadora infantil, o cara
simplesmente abaixou a calça na minha frente e
falou, exatamente assim:
– Dá um beijinho aqui.
Eu fingi que não ouvi. Ele veio pra bem
perto de mim, empurrou minha cabeça
pra baixo e falou de novo:
– Dá um beijinho aqui...
Ai, meu Deus. Ecaa. Socorro. Que nojo.
Que é que eu faço agora? Saio correndo?
Grito? Cuspo? Xingo? Mordo?
Eu deveria ter enrolado ele mais uns dias,
ido lá de novo com um gravador escondido
na bolsa, gravar todos esses absurdos que ele
falava para uma menina de 22 anos, vender a

história para a *Contigo* e ganhar uma grana.
E ainda ia ficar famosa.

Devia, mas não fiz. Não consegui ter
essa fantástica ideia em segundos.
Nem consegui dar um tapão nele ou jogar
meu sapato de plataforma na cabeça dele.
A única coisa que consegui fazer foi virar as costas
e sair andando. Triste. Perdida. Sem rumo. Sem
esperança. Com medo. Com raiva. Será que o cara
fazia isso com todas as meninas que tentavam ir
além, que corriam atrás dos sonhos? Ele não tinha
vergonha de fazer aquilo, mesmo tendo dois filhos
pequenos? Se ele continuava fazendo é porque
alguém devia cair, acreditar, pagar o preço em
troca de nada, de uma promessa vazia.
Sim, existia gente assim no mundo. Não era lenda
a história do sofá. Eu estava aprendendo, da pior
maneira possível. E sem ter nada em troca.
Um teste do sofá capenga, furado.
Porque até podem te oferecer um contrato em
troca de sexo. Aí é com você aceitar ou não. Sem
julgamento. Ali foi pior, mais baixo. Bem mais baixo.

Não era pra ser assim. Não era esse o final que eu
queria para o meu conto de fadas.
Imagino que meu ídolo apresentador nunca soube
dessa história.

Tempos depois eu soube que o tal diretor X foi demitido da emissora por irregularidades nas contas e desvio de verbas.
Descobri também que o universo dá o troco nas pessoas, mais cedo ou mais tarde. Pode acreditar.

NAMORADA ALHEIA

Por que homem, sempre que tá namorando, te trata diferente?
Dia desses liguei para um ex-rolo (nem ex-namorado era) pra falar de um assunto de trabalho. Ele foi ok, quase frio. Na hora, nem me liguei muito, porque o assunto profissional, que era o que me interessava, foi resolvido. Dias depois, descobri pelo Facebook que ele estava namorando. Aí, sim. Tudo fez sentido. Entendi a quase frieza.
Por que tem uns caras que são assim?
Que quando começam a namorar te tratam com tanta formalidade?
Acham que tudo tem segundas intenções na vida. Só se for na deles.
Se fosse o contrário, se ele me ligasse pra pedir ajuda profissional, haveria obrigatoriamente uma segunda intenção embutida, então? Se eu por acaso

for fofa com alguém com quem já tive uma
ligação no passado significa que eu quero dar?
A que ponto chegamos!

Não precisa me tratar diferente porque tá
namorando.
Eu respeito namorada alheia. Sei que tem um
monte de mulher louca por aí. Mas não é o caso.
Não é a maneira como você trata suas ex-namoradas
que vai fazer a diferença na sua nova relação. Juro.
Um pouco de formalidade na frente dela ainda vá lá,
superaceitável. Mas fazer o frio e *blasé* via telefone
é estranho.
Porque, se foi uma história bacana, durou o que
tinha que durar, e foi bem resolvido, tá tudo certo.
Virou experiência, virou a página.
Combinado?
A não ser que você tenha culpa no cartório.
Aí já é outro papo.

JON BON JOVI — MEU PORTO SEGURO

Aí eu descobri a fórmula para o relacionamento perfeito.
Demorou uns anos até eu entender.
Sem criar expectativas, mas sabendo que o cara vai estar sempre lá pra mim. Quer ver? Olha essa história.
Where did you learn English?
Sempre me fazem essa pergunta e, se eu contasse a verdade, ninguém iria acreditar.
Que eu aprendi a falar inglês por causa do Jon Bon Jovi.
Verdade, juro. Eu queria entender tudo que ele cantava. Cada palavra, cada gesto, cada sílaba.
Eu queria ser cantora por causa dele.
Eu tinha uma boa base gramatical da Cultura Inglesa, mas era meio travada para falar.
Aí apareceu o Jon na minha vida. Aquele cabeludo que cantava sorrindo.

E quando eu descobri que ele tinha
olhos azuis, então?
Naquela época, com uns 13 anos, eu tinha
decidido que o pai dos meus filhos ia ter olhos
azuis. Nossa, ele era o cara! Eu queria entender
cada palavra de "I'll be there for you".
Achava lindo, como um cara conseguia escrever
isso? Eu tinha certeza de que ele tinha escrito
aquilo pra mim, que a gente não se conhecia
ainda, mas um dia ia se encontrar, se conhecer
e se apaixonar.
Na época da escola, eu e minha amiga Marcinha,
com uns 13, 14 anos, pegávamos as letras e íamos
descobrindo cada canção, cada verso, cada rima.
Não tem preço que pague isso.
E é importante dizer que a história nunca foi
sexual. Sempre foi romântica. Eu queria conversar,
estar perto, abraçar, cantar junto. Sem malícia.
Era um amor inocente.

Eu colocava o disco pra tocar, pegava o encarte,
o dicionário e ficava ouvindo, ouvindo,
aprendendo, cantando, sonhando "I want to lay
you down in a bed of roses..." (eu quero te deitar
numa cama de rosas), achava liiiiindo, e aprendi a
falar inglês assim, com sotaque americano (meio
cafona) e tudo. Estudando na Cultura Inglesa
(sotaque britânico chique...).

Aí, um dia, o Bon Jovi veio ao Brasil.
Fiquei quebrando a cabeça com o que ia
fazer e como ia fazer para encontrá-lo e furar
a segurança do hotel.
Eu não queria um autógrafo ou uma foto. Meu
barato era outro: queria conhecê-lo, ficar amiga,
ir ao *backstage*, cantar junto.
Só isso. Ahã. Eu e a torcida do Corinthians.
Então fiz um plano.
Fiz uma música.

Compus uma música em inglês, bem mais ou
menos, tenho um pouco de vergonha dela hoje
(musicalmente falando), mas um puta orgulho
dela (como presente de fã), que dizia algo como "I
want to be part of your world, I want to be a part of
the show, blame it on the love of rock'n rooooooll…"
Péssimo, eu sei, mas na época eu achei o máximo.
Aluguei um estúdio e gravei voz e violão, tipo
versão acústica.
Achava que ele ia ouvir a fita, amar, achar
superoriginal uma fã dar um presente em forma
de música, e, finalmente, me chamar para cantar
com ele no palco, lógico. E ainda ia incluir a
música no próximo CD como um bônus track,
com a participação especial de uma fã/amiga
brasileira. Ah, tá.

Com a fita gravada, lá fui eu para o hotel em que a banda estava hospedada. Pra eu entrar ali já foi um sufoco. Havia muitas fãs do tipo histérico em volta e eu era só mais uma... Mas não histérica. A gente sempre acha que é diferente e especial. Só que os seguranças não sabiam disso. Para eles, qualquer menina ali era fã, o que não deixava de ser verdade. O jeito, óbvio, era ir ao restaurante do hotel, isso eles não podiam impedir.

Só que o restaurante estava fechado. Porque a banda estava ali, apesar de os seguranças negarem veementemente. De alguma maneira que não lembro hoje, consegui entrar no hotel. Acho que fazendo a fina na maior cara de pau. E fui direto para o restaurante, que estava vazio.

Quer dizer, havia só uma mesa ocupada. Com uma mulher tipo executiva de gravadora, um negão enorme (provavelmente o segurança), um cara cabeludo estranho e ele – sim, Jon Bon Jovi.
L I N D O.

Eu paralisei. Juro. O mundo parou pra mim naquele momento. Naquele segundo todos olharam pra mim. Na hora o segurança levantou. Medo. E Jon fez sinal pra ele sentar de novo. Ufa! Eu ainda sem reação. Continuei ali, parada,

petrificada, coração na boca, sem saber
o que fazer. Ele fez um sinal me chamando.
Ele, Jon Bon Jovi, me chamando. Juro.
Eu fui, obedeci. Quem sou eu, né?
Tava meio hipnotizada.
Dei a fita na mão dele, pedi pra ele ouvir,
agradeci, sorri e fui embora, com o segurança
já me olhando feio, a executiva *blasé* me
achando ridícula e o cara cabeludo não achando
nada. Se eles soubessem o trabalho, a devoção,
o amor que havia ali... Até hoje, trabalhando
no show business como intérprete de shows
internacionais (às vezes ainda trabalho com isso),
tenho o maior respeito e cuidado com os fãs,
tento facilitar quanto posso, porque já estive
do outro lado e sei o quanto pode ser duro.
Bom, eu nunca soube se o Jon ouviu a fita
ou jogou no lixo. Eu fiz a minha parte, tinha
que fazer. Não sei se gostaria de saber a verdade,
prefiro ter a ilusão de que ele ouviu.
E gostou. Só não incluiu no próximo disco.

Jon Bon Jovi tem 51 anos e 4 filhos com a mesma
mulher, Dorothea, uma namorada da adolescência
e faixa preta de caratê.
Bom, eu, da minha parte, continuo comprando
seus discos e reconhecendo sua voz no rádio,
mesmo não conhecendo a canção.

E continuo achando que ele está cantando
pra mim.
Isso é a melhor parte. É uma ilusão consciente
deliciosa. Relacionamento perfeito.
Ele sempre vai cantar pra mim. Quando
eu estiver triste, feliz, pra baixo, ele vai ser
sempre meu porto seguro.
I'll be there for you.

QUANDO A GENTE NÃO TEM MAIS 18 ANOS — PARTE 1

Não fica mais esperando o gatinho ligar
e não cria mais expectativas mirabolantes
sobre o que foi apenas um momento bonito.
Uma amiga querida se envolveu com um cara
nativo de uma dessas praias lindas do Nordeste,
no réveillon.
Voltou superapaixonada, astral bom,
olhos brilhando.
Mandou um e-mail com as fotos do ano-novo
para ele. Ele nunca respondeu. Até ontem. Depois
de cinco meses ele resolveu aparecer, mandando
um e-mail agradecendo as fotos, dizendo que
estava com saudade e que queria vir visitá-la em
São Paulo se tudo desse "serto". Com *s* mesmo.
Aí eu disse: "Que bom que a gente não tem mais
18 anos, quando um e-mail desses causaria a maior
reviravolta em nossas vidas".
Porque, com certeza, ficaríamos contando os dias

para uma visita que poderia nunca acontecer, ou, se acontecesse, poderia ser uma grande frustração. A gente começaria um regime imediatamente, desmarcaria todos os compromissos daquela semana e ficaria imaginando o reencontro de todas as maneiras possíveis.

Tudo fez sentido ali, na praia, naquele momento. Mas, depois, quase tudo se perde quando cada um volta para a sua vida. Ficam somente as lembranças. E, sinceramente, só elas é que deveriam ficar. É mais puro, saudável e a gente não corre o risco de colocar tudo a perder se rolar um reencontro e for um lixo, uma decepção, bem abaixo das nossas expectativas.
Que, geralmente, são bem altas.
Porque a gente sempre cria expectativas, mesmo quando fala que não.
É melhor guardar a história e seguir adiante.
Simples assim.

HOMEM LOST — PERDIDINHO — INTRO

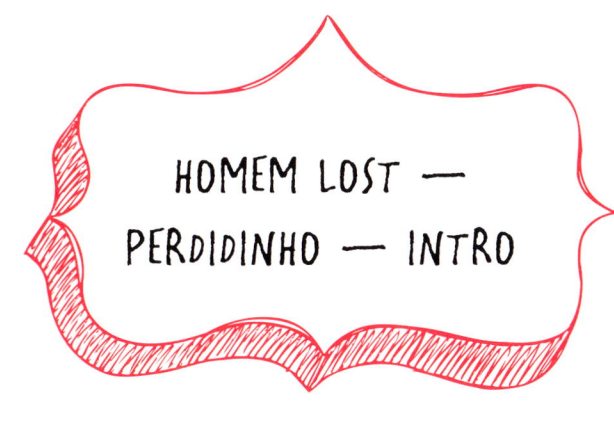

Dia desses uma amiga veio dizer que um amigo dela queria me conhecer.
Ok, eu disse, manda ver.
Então, ele me adicionou no Facebook.
Eu não aceitei logo de cara, fiz um docinho.
Aí ele me deu uma cutucada virtual.
Hein? Fala aí se tem coisa mais cafona do que uma pessoa que você nunca viu na vida te cutucar no FB.
Se quem te conhece já fica mala fazendo isso, imagina quem não te conhece. Aí, deixei o cara cozinhando mais um pouco.
Ele, tadinho, foi sondar minha amiga pra saber o que tinha acontecido, por que eu estava embaçando pra aceitar o pedido de amizade dele. Ela falou a real, que a gente não curte cutucadas virtuais. Que não tem nada a ver.
Aí, ele perguntou: "Mas o que vocês curtem, afinal?

Como é que eu posso chegar nela sem ser invasivo, de boa, e ao mesmo tempo com atitude?".
Aí eu fiquei pensando nisso que ela falou e resolvi responder pra ele em forma de poesia.

HOMEM LOST

Não sabe como chegar
Tem medo do que vai encontrar
A mulherada anda meio louca
Não sabe se faz doce ou se beija na boca

Às vezes quer ser cortejada
Às vezes quer tomar as rédeas da parada
Eles ficam sem reação
E a gente sem saber da real intenção

E nesse fogo cruzado
Todo mundo quer ter razão
Ninguém vê os motivos do outro lado
Onde vai parar essa situação de tantos caminhos desencontrados?

Homem lost é cheio de boas intenções
É que a gente tá mesmo sem manual
Depois de tantas desilusões
A gente desregulou geral

Ele não quer encher o saco
Quer fazer tudo direito
Um vacilo estraga tudo
E a investida perde o efeito

Não sabe como agir
Ficou paralisado
Se vem com tudo, a gente foge
Se não vem, a gente diz que é veado

E agora, o que fazer?
Tá rolando falta de comunicação
A minha proposta pra você?
Vem aqui que a gente acha a solução...

O PRÍNCIPE DO CARRO BRANCO — SÓ QUE NÃO...

Estava eu, num fim de tarde qualquer, saindo da minha aula de luta na maior adrenalina. Entrei no carro e fiz uma ligação de trabalho. Pra não sair dirigindo e falando ao telefone ao mesmo tempo, fiquei falando dentro do carro parado.
Aí, do nada, senti que bateram no meu carro. Sim, alguém tentando estacionar atrás de mim deu uma batidinha. Dei uma buzinada, tipo se liga, e continuei falando ao telefone. A pessoa bateu de novo. Buzinei de novo. A pessoa bateu pela terceira vez. Aí não teve jeito. Saí do carro soltando fumaça, ainda mais com uniforme de treino, que me deixa me sentindo meio Mulher Maravilha, e fui bem brava falar com a pessoa: "Você tá louca? Tirou carta por telefone?".

Aí que eu reparei. Era um cara. Lindo. Talvez o mais lindo que eu já tinha visto na vida. E

me pedindo desculpa com a maior simpatia do mundo, falando que estava num dia muito barbeiro. Me desestabilizou geral. Se a pessoa faz cagada, reconhece o erro, pede desculpa e ainda é um cara lindo, quem sou eu pra discordar, né? Me quebrou. Falei ok e voltei pro carro, totalmente desconcertada. Continuei a ligação de trabalho que eu tinha largado no meio. Aí, passaram-se uns dois minutos, ele veio e bateu na minha janela.
– Oi, tudo bem? Esqueci de perguntar: qual é o seu nome?
– Daniela, e o seu?
– Alexandre. Você treina *krav magá* aqui na frente?
– Sim, toda terça e quinta.
– Ah, eu malho na academia ao lado. Posso ir te ver no treino um dia?
– Pode, lógico.
– Tá, vou lá um dia desses.

Deeeeeus, obrigadaaa! Por isso que você só mandou roubada na minha vida. Um dia viria o cara mais lindo de todos os tempos pra compensar tudo isso. Finalmente o cara certo. Valeeeu!

E assim se passaram terças, quintas e nada do cara aparecer lá no treino. Minha amiga Dri, que treina comigo, falava pra mim:
– Daniela, você acha que um cara desses vai

vir aqui? Acorda pra vida. Deve ser enrolado, casado, foi xaveco aquilo, esquece. Ou, muito provavelmente, ele é gay.

Eu esqueci. Triste, inconformada, mas esqueci. Não fazia o menor sentido um cara daqueles despencar na minha cabeça e a história parar por aí. Tinha que ter um final melhor.
Aí, um dia, quando eu já tinha esquecido completamente, ele apareceu. Quase caí pra trás. Eu e toda a academia. As meninas, todas se perguntando quem era aquele deus, e os caras meio enciumados.
Meio que fingi que não vi, óbvio, fiz a *blasé*.
Ele: Oi, Dani, se lembra de mim? Bati no seu carro...
Eu: Ahhh, oooi, ééé... leeembro... Alexandre, né?
Ele: Isso, tudo bem? Te falei que vinha, não falei? Vamos tomar um suco?
Eu: Agora?
Ele: É... na padoca aqui do lado.
Pausa. Imagine a situação: eu, de uniforme de *krav magá*, todo branco, faixa laranja na cintura, sem *babyliss*, suada, de chinelo, indo na padoca com o cara mais lindo do mundo, de terno. Oi? Hahaha. É o que temos para o momento.
Vamos, né? Fomos.

Bom, como contar o que se passou?
Começamos a conversar, conversar, e aí... que o cara era muito chato. E bobo.
Sabe quando o cara só fala de si? Não se interessa muito pela sua vida, não te faz perguntas, não olha direito nos seus olhos?
Foi meio que isso. Na teoria, poderia ter ficado horas ali conversando com aquele moço lindo, como se não houvesse amanhã. Mas de repente me deu um bode, falei que já estava tarde e que eu precisava ir embora.

Aí, pensei, será que sou eu que tô muito chata, exigente?
Ok, vou dar mais uma chance, vou jantar com ele. Mas nunca chegou a rolar exatamente um convite. O que rolou foi uma mensagem na semana seguinte às 10 da noite de uma sexta dizendo que ele estava num esquenta com uns amigos, perguntando se eu queria ir. Oi?
Tudo bem se fosse um amigo de anos, mas na primeira vez que você vai sair com alguém, a pessoa convida para um esquenta com os amigos em cima da hora? É isso mesmo, produção?
Não, hoje não vai dar, sorry, fica para uma próxima.

Contei isso para um amigo, pra ver se eu estava viajando, e ele me disse o seguinte: "Dan, é isso mesmo? Nego quer sair com uma mulher bonita, interessante, pela primeira vez, e nem levar pra jantar? Pelo menos finge que é decente, pô.
É muita falta de classe".

E ainda queria conversar comigo via Skype morando na mesma cidade. Juro. WhatsApp tudo bem, mas falar por Skype pra não gastar com telefone local é demais pra mim. Ah, para, né? Falta de classe total.
Conclusão: um cara lindo desses, sem nada de interessante, não dá. Tipo Mulher Alface versão macho. Ou um Homem Umbigo, que só olha pra si. Socorro. Sem pimenta, sem sal. Não foi dessa vez. Alarme falso. Estaca zero. Será que todo cara lindo meio que se acomoda e se acha no direito de não desenvolver outras qualidades?
Conclusão na prática: os sapos andam bem mais interessantes que os príncipes. Fato.

HERÓIS? PRÍNCIPES? MELHOR NÃO, OBRIGADA

Eu sempre fui apaixonada pelo Luke Skywalker, do filme *Guerra nas Estrelas* (*Star Wars*). Desde menina. Enquanto todas as meninas adoravam o Han Solo (vivido pelo Harrison Ford em início de carreira), eu era Luke forever. Enquanto elas escreviam para a revista *Capricho* querendo saber do Tom Cruise e do Rob Lowe, eu só queria saber do Luke.
E ninguém sabia muito, porque *Guerra nas Estrelas* era filme de menino.
Mesmo assim, diferente das muitas paixões que temos na adolescência, e são altamente descartáveis, nunca abandonei o Luke.
Mas o que vem acontecendo de uns tempos pra cá é que eu venho prestando muito mais atenção nos vilões. Tenho me interessado pelo Darth Vader, por exemplo.

Pode ver: as roupas, o visual, tudo nos vilões é bem
mais interessante e complexo que nos mocinhos.
A Rainha Má, da *Branca de Neve*, a Malévola,
da *Bela Adormecida*, a Maga Patalógica do
Tio Patinhas, A Cruella de Vil, dos *101
Dálmatas*, a Úrsula, da *Pequena Sereia*, todas
têm o maior estilo e personalidade forte.
Até o Capitão Gancho hoje em dia me
desperta curiosidade.
Acho que talvez seja porque a gente vai criando
malícia na vida e perdendo o medo do mal. Acaba
vendo que tudo pode ter outro lado e que, às vezes,
o bonzinho pode virar um puta chato.
Acho que a vida seria bem mais fácil se não
ficassem nos iludindo com contos de fada e finais
felizes desde crianças, e não nos fizessem acreditar
em príncipes encantados, vilões e princesas.
Porque, às vezes, o príncipe não é tão encantado
como nos prometeram e o vilão pode ser muito
mais interessante e engraçado do que nos
contaram. Sem falar nas princesas, que podem se
tornar chatas e alfaces.
Ninguém é 100% bom ou 100% mau.
Eu sempre desconfiei de gente muito feliz. Talvez
por isso tenha começado a prestar atenção nos
vilões. Ver o outro lado da história.
O Luke, o mocinho da minha história, virou
um andarilho solitário pelas galáxias do universo

com seu sabre de luz azul e amigos como o mestre Yoda. Ele nunca foi perfeitinho, nem casou.
Muito menos foi feliz para sempre.
Sempre foi na dele, reflexivo, introspectivo.
E sempre esteve em busca de alguma coisa.
Tá rodando por aí. Bem que ele podia dar uma pausa e aterrissar sua nave por aqui. Nada mal.
Mas aí, vai que a gente se conhece e ele é um puta chato, politicamente correto, que só pensa em salvar o universo? Hummm, melhor não.
Melhor deixar assim como está. Quando a lenda é melhor que a realidade, a gente sempre fica com a lenda. Sonhar ainda pode, né?

DESABAFO

Não, eu não sou a mulher dos seus sonhos.
Sim, fico puta se você diz que vai ligar e não liga.
Porque contar historinha a essa altura e achar que vou fingir que acredito só pra ficar bem na fita, não vai rolar. Sorry. Ninguém tem que dar satisfação pra ninguém.
Mas não confunda ser legal com ser trouxa. Ser liberal com sair dando por aí.
Porque sexo por sexo, baby, até rola, gosto bastante, mas não com você. Sair fora rapidinho, no primeiro vacilo que você dá, só prova o quanto você não quer nada com nada. Também não suporto papinho de mulher feminista.
Cada um é cada um. É que está tudo tão descartável hoje em dia.
Ninguém tem mais paciência pra nada.
A conquista se perdeu.
E não é doce, não. É só um desabafo mesmo.

A sensação é de que o cara quer ter uma mulher linda e gostosa à disposição, que não reclame, que acredita em tudo, que concorda com tudo.
Então compre uma boneca inflável, na boa.
Porque mulher, por mais bacana que seja, fica puta, fica triste, fica carente, fica louca, fica brava, não tem jeito.

Aí eu ouço que me exponho demais.
Fiquei pensando sabe o quê?
Que o traço em comum entre as pessoas que vieram me falar isso é que são todas come-quietas.
TODAS. A real é que quem mais julga, mais apronta.
Quem mais se faz de santo, mais faz merda.

Respeito quem quer ficar na sua e se preservar, mas não venha com bom-mocismo pra cima de mim.
Tudo que escrevo é com verdade, vontade e sentimento.
Nada é escondido. Todo mundo passa por roubadas e faz cagadas na vida. Escrevo porque sei que tem um monte de gente que se identifica. E não vou deixar de escrever. Não vou deixar de ser quem eu sou porque alguém ficou incomodado.
Sério. Hipocrisia de quinta. Aqui não.

Se você acredita que sou mais uma loira gostosa roqueira que escreve sobre sexo, sorry, você não entendeu nada. Tá muito longe de saber a verdade. Às vezes é preciso ultrapassar a barreira, bancar uma história. Pagar pra ver.
Ser fiel a seus princípios, à sua verdade e, principalmente, a você mesmo.
Posar de bom-moço a essa altura?
Não dá, né? Pronto, falei.

HOMEM EMBAÇO — INTRO

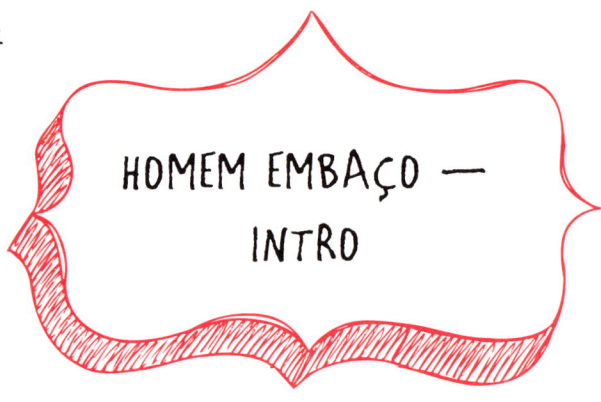

Não acho que ele faça de propósito, como o Homem Satélite. Que tá sempre com agenda na mão e vontade de ter várias mulheres orbitando em volta dele ao mesmo tempo. Alimentando todas e não querendo nada sério com nenhuma. E nunca deixando isso claro.

O Homem Embaço é enrolado por natureza. Inseguro também. Quer, mas não vai. E quando você tá quase desencanando porque perdeu a paciência, ele reaparece.

É difícil decifrar o motivo do embaço. Pode ser timidez, algum rolo mal resolvido ou simplesmente porque ele não está a fim mesmo. Haja paciência...

HOMEM EMBAÇO

Chega de mansinho, como quem não quer nada
Cai na sua cabeça quando você está totalmente desencanada
Te envolve, te seduz, te corteja, te conquista
Mas, na hora do vamos ver, te larga sozinha na pista

Dei todas as brechas possíveis
E nada de você avançar
Tive paciência em todos os níveis
E nada de você sair do lugar

E agora, como é que acaba essa história?
Você some, eu desencano e fica assim?
Invento o que poderia ter sido e guardo na memória?
Ou sigo a vida, rezo e cuido de mim?

Não sei se você é mesmo muito enrolado
Ou é timidez mal resolvida
Se tem algum trauma do passado
Ou não sabe mesmo o que quer da vida

Tô viajando ou você amarelou?
Pra que então você apareceu?
Por que você não vai até o fim?
Ou paga pra ver ou desencana de mim

É só eu resolver sair fora que você volta a dar sinal
Isso é o que eu chamo de homem embaço
Só depende de você a gente mudar esse final
Vem aqui que a gente tira esse atraso...

VAI PASSAR — CARTA DO ANJO

Porque tudo passa.
Aquele cara, que era o mais incrível do mundo, que você achava que era sua alma gêmea... Passa.
O seu vizinho gato, que era só você ouvir um barulho de chave que já ia correndo espiar no buraco da fechadura... Passa.
Aquele cara em que você não conseguia parar de pensar a cada cinco minutos, checava pra ver se ele estava on-line a cada dois, no que ele estaria fazendo, que cada coisa que te acontecia você queria dividir com ele... Passa.
Aquela sensação do mundo em cromaqui, com as cores ultraestouradas, passa... E você sobrevive. Fica tudo sépia, PB, e depois colorido de novo.
Então, eu sei que vai passar. É bem difícil, é uma briga entre racional e emocional extremamente desgastante. Mas, nos momentos em que você ficar centrada, saiba que vai passar e você vai renascer.

De novo, tenha a certeza de que foi uma menina bacana e tentou dar o melhor e mais bonito de que você tem aí dentro. Difícil saber o que rolou do outro lado. Não dá para cobrar nada. Porque nada foi prometido. Tudo ficou no ar. Sem solução, sem explicação, sem fim, sem nada. Só sensação, possibilidades. Não tente entender. Não agora. Let it go.

E QUANDO PASSA...

Algum tempo atrás, você daria tudo por aquele telefonema.
E, numa manhã de sol qualquer, o telefone toca. Você, por acaso sozinha, atende.
Impressionante como o que fazia seu coração disparar, seus olhos brilharem, perde o sentido. Aquela pessoa com quem você tanto sonhou, idealizou, pirou, por quem você pararia tudo que estava fazendo e mudaria todos os seus planos num piscar de olhos, não desperta mais nada em você. Uma vaga lembrança de alguém com quem você viveu alguns bons momentos e nada mais. Nem raiva pela filha-da-putagem, nem mágoa por tantas promessas vazias, sumiços inexplicáveis, nem alegria e esperança pelo súbito interesse (deve ter se separado). Nada. De repente, você, que curtia cada segundo da conversa e queria

prolongá-la o quanto fosse, quer se ver livre daquilo porque tem mais o que fazer. Quer tomar um banho porque vai sair.
Simples assim. Isso significa sabe o quê? Que você sarou. Está livre. Alma e espírito livres pra seguir o seu caminho e ser feliz. Em algum momento o feitiço quebrou. Você acordou. Sofreu, mas seguiu. E está curada. O tempo, esse santo milagre.

NORONHA — TRIBO

Dizem que, na vida, a gente escolhe um lugar. Ou o lugar escolhe a gente. Eu escolhi o meu. Fernando de Noronha foi o primeiro lugar que me veio à cabeça quando percebi que a faculdade de Propaganda e Marketing não tinha nada a ver comigo.

Aos 19 anos, abandonei a faculdade no meio e me mandei pra lá. Tinha dinheiro pra ficar uma semana. Fiquei quase dois meses. Fiz amigos, shows para crianças, nadei com golfinhos e conheci gente muito especial. Que, de alguma maneira, marcou para sempre a minha vida. Em poucos dias eu já era praticamente local, conhecia todo mundo. Turistas, locais, mergulhadores, nativos. Andava de chinelo o dia inteiro, pedia carona, andava a pé, fazia trilha, mergulhava em qualquer praia. Era livre. Sem rímel. Sem *babyliss*. Só boné, protetor solar e olhe lá... Livre.

Lá, você conhece muita gente. Não importa o que você faz ou quem você é. Não existe máscara. É aqui e agora. E é daí que surgem as relações mais legais, mais puras, mais verdadeiras. Você pode ficar anos sem ter contato com a pessoa de novo, mas o que foi plantado ali fica para sempre. Tribo.

Tânia, nativa, foi uma dessas pessoas que acabou virando uma grande amiga, irmã de alma, até hoje. Éramos muito diferentes e ao mesmo tempo muito parecidas. Fiquei no hotel nos dois primeiros dias assim que cheguei à ilha na primeira vez, e depois me mudei para a casa dela. Virávamos as noites conversando. Sobre a vida, o mundo, nossos sonhos.

Além dela, houve um moço. Forte, queimado de sol, com uma sereia tatuada no tórax. E um sorriso encantador. Mergulhava e tocava gaita.
José, a primeira paixão de verdade da minha vida. Nada ali foi planejado, simplesmente aconteceu. Como em Noronha as portas e janelas das casas estavam quase sempre abertas, era comum eu acordar depois de um cochilo no meio da tarde e ele estar ali, sorrindo, me vendo dormir. Ou eu

estar andando pela ilha e, do nada, ele aparecer.
E me levar pra ver o pôr do sol. E dizer que
quando o sol encostasse no mar ia fazer um
barulhinho: tsssssss.

E foi assim que escrevi minha primeira poesia
na vida. Eu tinha acabado de voltar da ilha para
São Paulo, estava tomando banho, anestesiada
e contagiada com a energia forte de lá, e veio,
letra e melodia, tudo de uma vez. Eu nunca tinha
pensado em escrever na vida. A partir daí, não
parei nunca mais.
Era assim:

Isolada do continente
Maravilhosamente
Está você
Perdida no meu olhar
Sei que existe um lugar
Cadê você?

Ilha dos sonhos
Magia, mistério
Desejo sincero
De te reencontrar

A gente podia
Com muita energia

Fazer o momento
Presente durar

Você é parte de mim
Já aconteceu assim
Em algum lugar
O Sol sempre a brilhar
A areia, a Lua, o mar
Senti você

Lembrança eterna
Viagem caminho
Destino escrito
De te reencontrar
Na ilha dos sonhos...

Tá, meio pobrinha, meio tosca, eu sei.
Concordo.
Mas para primeira poesia na vida até que tá bom, vai?
Enfim, voltei pra São Paulo, pra realidade cinza, terminei a faculdade, gravei um disco para crianças, dei entrevista no Jô, cantei na Xuxa, fiz show no Playcenter, namorei outros caras e viajei para outros lugares. Quando qualquer coisa dava errado na loucura da minha vida na cidade, eu falava que ia largar tudo e montar uma pousada em Noronha. Apesar de nunca mais ter falado com ele.

Sempre falei com a Tânia, minha amiga do peito, que morava lá. Mas com ele não, nunca mais. Mesmo assim, guardava sua lembrança bem viva na minha memória.
Sete anos depois, minha irmã, a quem sou muito ligada, foi pra Noronha com o marido e, numa dessas coincidências da vida, conheceu José.

Na hora em que ele descobriu que ela era minha irmã, pediu meu telefone. E o que nunca tinha acontecido em quase sete anos aconteceu. Ele me ligou. Lembro direitinho desse dia. Perguntou se eu estava sozinha, se estava namorando, se eu podia falar, eu disse que sim, ele ficou superfeliz, nem tentou disfarçar, e parecia que a gente tinha se encontrado ontem. Tribo.

Você já conheceu alguém da mesma tribo que você?
Você saberia reconhecer alguém da sua tribo?
Sim, porque pessoas da mesma tribo se reconhecem quase que instantaneamente, e raramente se enganam.
Não se parecem fisicamente.
Suas características se parecem em outro patamar, outro nível.
Fizeram parte de um todo em algum momento, em alguma vida.

E vivem em lugares e condições completamente
diferentes. Culturas diferentes.
Geralmente espalhadas por aí, pelo mundo.
Eu já tive essa sorte algumas vezes. Poucas.
Não falo aqui de paixão. Nem de amor.
Tribo é alma.
É a não cobrança.
É o respeito acima de tudo. Entendimento.
O não julgamento.
O sorriso. As lágrimas.
A liberdade de ser quem você é.
Lá na sua essência.
É ficar dias, semanas, anos sem ver a pessoa
e saber que ela estará ali, sempre que você precisar.
Mais forte que amizade.
Tribo.

Ele disse que estava morrendo de saudade, que
toda vez que olhava para minha irmã se lembrava
de mim, que estava embaixo de um céu muito
estrelado, que eu devia estar ali.
Que eu era muito especial e que a gente precisava
se ver de novo.
Perguntou quando eu iria voltar para a ilha. Frio
na barriga. Estávamos em maio. Combinamos que
eu iria em setembro.

Dia 24 de agosto ele morreu.

Acidente de moto.
Bateu num cavalo e quebrou o pescoço.
Em Noronha, voltando pra casa. Morreu na hora.

Não deu tempo. De alguma maneira aquele telefonema foi uma despedida. Eu nunca poderia imaginar.
Voltar pra lá depois disso foi muito difícil. Voltei algumas vezes.
Até hoje parece que falta um pedaço da ilha.
É estranha a sensação de saber que ele nunca mais vai aparecer do nada pra me ver dormir no meio da tarde ou me levar pra ver o pôr do sol.
A ilha continua linda, o mar mais azul do que nunca e os golfinhos dando altos saltos naquele lugar sagrado.
E o sol, sempre que se põe no mar, continua fazendo aquele barulhinho: tssssssss.

NOTA: a história deveria acabar aí. Mas, há pouco tempo, recebi a notícia de que a minha amiga Tânia faleceu. Minha irmã de alma. Fiquei em estado de choque. Ainda é muito difícil pra mim. Minha história com a ilha fica cada vez mais dura e intensa. Ainda ouço Taninha falando comigo, me dando conselhos e sorrindo, sempre sorrindo. A última vez em que fui pra ilha, sempre fugindo das merdas que acontecem na

minha vida em São Paulo, foi seis meses antes de ela morrer. Nem sinal dessa doença filha da puta que levou minha amiga embora. Eu não sabia de nada. Ela, eu não sei. Não me falou nada, estava ótima. Muito mais disposta do que eu, a galega paquita preguiçosa... Saímos, conversamos, bebemos, mergulhamos, dançamos. Ela sempre me defendendo dos malacos nativos xavequeiros de lá: "Sai, com Dani não. É minha amiga".
A gente se divertiu bastante, demos muita risada. Foi uma bela despedida.
Ou um até breve.

RODRIGO — A PRIMEIRA VEZ

Ai, gente, menti... Sorry.
Na verdade, a primeira poesia que eu fiz é bem pior, mais ridícula, mas bem bonitinha para a idade que eu tinha. Inocente, fofinha e engraçada. Eu me lembrei dela agora há pouco, do nada, depois de ter escrito e revivido toda a jornada de Noronha...

Eu devia ter uns 12 anos e era bem tímida, usava aparelho nos dentes, cabelo dividido ao meio. Meu pai, que ama tênis, me colocou para fazer algumas aulas.
Eu gostava, sei bater uma bolinha até hoje (bem mais ou menos), por causa daquelas aulas com o professor Sérgio.

Daí que o menino que fazia aula depois de mim era lindo.

Eu cruzava com ele na escada, eu indo embora, ele chegando.
Era moreno e tinha olhos azuis. O máximo que eu consegui descobrir dele era que se chamava Rodrigo.
Só. Nem a idade, nada. Então criei toda uma história imaginária na minha cabeça para ele. E transformei numa musiquinha.
Na época eu tocava órgão, fiz uma melodia e a seguinte letra em forma de poesia. Favor não rir.

Um dia eu estava na salinha da minha casa
E um garoto lindo apareceu
Era bem moreno e tinha um lindo olho azul
Seu corpo era um tesão de norte a sul

Seu nome era Rodrigo, ele tocava violão
Era bom de bola e de botão
Jogava sempre tênis com jeito de garotão
É só olhar que bate coração

Tinha treze ou catorze
Tinha quinze ou dezesseis
Só sei que nesse gato eu me amarrei
Só sei que nesse gato eu me amarrei

Foi então que do sonho acordei
Foi tão lindo o que sonhei

Rodrigo apenas uma ilusão
Um sonho, apenas uma paixão

Depois de um tempo achei que esse final estava triste para a minha história e acrescentei mais uma estrofe:

Foi então que ele apareceu
Como sempre lindo, e era meu
Vem cá, Rodrigo, não era ilusão
Nem sonho, vem, me dá sua mão

Hahahahahahahahahahahahahahahahaha!
Sem mais.
Pois é, eu nunca conheci o Rodrigo, nunca conversei com ele. Não lembro o porquê, mas parei o tênis e nunca mais o vi.
Ah, se fosse hoje... Naquela época não tinha internet, Facebook, Twitter, nada. Era preciso ser cara de pau. Tipo trombar com ele na escada do nada. Nunca tive coragem. Melhor guardar a história assim. Inocente e pura. Pensar em Rodrigo como jogador de botão. Vai que eu o reencontrasse hoje em dia e ele tivesse se transformado num babaca? Ou não fosse nada daquilo que eu tanto imaginei? Inclusive era bem capaz que não fosse. Vai ver, nem olho azul ele tinha. Então, melhor guardar a lembrança dele assim. Na salinha da minha casa? Fala sério! Morri...

PRINCESA DOS ALTERNATIVOS

Foi nos tempos em que eu frequentava São Thomé das Letras. Pra quem não sabe, São Thomé é um lugar muito especial em Minas Gerais. Lendário. Frequentado por malucos, hippies, gente simples da roça, gente que vê disco voador. Enfim, um lugar lindo, cheio de cachoeiras, natureza e boas histórias. Dizem, inclusive, que lá tem um túnel que vai direto pra Machu Picchu. Nessa época eu tinha vinte e poucos anos, estudava teatro e ficava largada numa cabana de barro e pau a pique no meio da mata. Com os bichos (cavalos, passarinhos e cachorros), um violão e poucos amigos.
Nessa época eu tinha ouvido falar que um cantor que eu adorava iria fazer show em Cruzília, cidade vizinha a São Thomé. Nenhum amigo se dispôs a ir comigo e eu fui mesmo assim, sozinha. Peguei meu Chevetinho cinza-chumbo e parti pra estrada rumo a Cruzília.

O show seria num ginásio de clube. Estava superfeliz e eufórica. Um pouco ansiosa também. Lógico que eu ia falar com ele depois do show, o acesso seria bem mais fácil do que em São Paulo, não haveria seguranças e finalmente eu conheceria um dos meus ídolos. Ficaríamos amigos e ele iria me convidar para compor com ele e cantar junto nos próximos shows. Assisti ao show, foi o máximo! E agora? Lá fui eu procurar os camarins no ginásio do clube. Falei para o sujeito que estava na porta que eu era superamiga do cantor, lá de São Paulo, e tinha vindo dar um beijo nele. Entrei. Assim que ele me viu, abriu os braços e falou: "Seja bem-vinda, princesa dos alternativos!". Detalhe: nessa época eu tinha o cabelo muito comprido, quase no joelho, acreditava que era uma sereia e andava enrolada numa canga preta com estrelas roxas, tipo Raul Seixas.

– Oi, tudo bem? Então, eu estava em São Thomé, vi que você ia fazer um show aqui... É do lado, né? Aí eu vim...

– Que ótimo. Gostou do show? E o que você vai fazer agora, princesa? Vem com a gente para o hotel jantar. Você vai adorar, é um hotel-fazenda lindo, antigo, vamos?

Fui. Já que eu tinha ido até ali... Chegando ao tal hotel-fazenda, nada de jantar. Era uísque mesmo. De repente ele vira pra mim e fala:

– Eu não sou desse mundo alternativo, mágico, que você ouve nas minhas canções. Sou urbano, gosto de cidade.

E começamos a ter um papo surreal, um jogo da verdade. Sobre os maiores arrependimentos que tivemos nas nossas vidas. Ele falou algo sobre uma mulher de quem ele gostava muito ter ido morar fora do país. Não sei direito, mas lembro dele ter contado coisas fortes e que pareciam verdadeiras, confissões sinceras da estrada.

Eu não tenho a menor ideia do que falei, é tudo meio nebuloso na minha cabeça. Eu me lembro apenas de *flashes*.

Até que de repente nos demos conta de que já eram 4 da manhã. Era melhor eu ir embora. Aí ele falou:

– Não vai embora, não, tá muito tarde, é perigoso. Imagine você pegar a estrada a essa hora da madrugada...

– Mas onde eu vou dormir?

– Ué, comigo... Olha, não fica com medo, juro que não vai acontecer nada.

– Mesmo?

– Juro – e ainda cruzou os dedos na frente da boca e deu dois beijinhos simbolizando a promessa.

Tá, eu fui. Chegamos ao quarto e, assim que a luz apagou, adivinha, ele voou pra cima

de mim. Eu falei: "Para". Ele parou na hora e
virou completamente para o outro lado. Meio
emburrado, talvez, não me disse boa-noite nem
falou mais nada. Nem um abraço, nem outra
tentativa um pouco menos rude. Eu, imóvel
naquele quarto escuro, sem saber o que fazer,
refém da minha própria ingenuidade. Pensei
em ir embora naquele momento, mas achei que
ia piorar ainda mais a situação. Fiquei de olhos
abertos na escuridão, encolhida, e, assim que o dia
amanheceu, pulei da cama. Queria sumir dali o
mais rápido possível. Lavei os olhos (tinha uma pia
dentro do quarto), peguei a bolsa e, quando eu ia
abrir a porta do quarto para vazar sorrateiramente,
lá estava ele, de pé, quase fantasma, me encarando.
Susto. Ele não falou nada, nem eu. Apenas me
deu um beijo na testa.

E eu peguei a estrada rumo a São Thomé. Nem
triste nem feliz. Como é que eu ia explicar a meus
amigos que estavam comigo na cabana o que tinha
acontecido? Foi tudo tão doido. Naquela época
não havia celular, nem tinha como avisar que eu ia
dormir fora. Mas cheguei inteira, estranha e forte.
Mais uma pra minha coleção. Óbvio que eles não
acreditaram na história.
Até hoje sou fã do cara. Na verdade, meio que
apaguei essa história da cabeça durante um tempo.

Hoje acho graça. Senão fica difícil continuar fã.
De ídolo vira humano, e nem sempre os humanos
são legais ou do jeito que a gente imagina ou
gostaria que fossem. Isso pode atrapalhar a
relação com a música.
Talvez hoje em dia eu tivesse dado e aproveitado.
Mas naquela época eu era uma menina
sem noção do que poderia acontecer.
Eu simplesmente ia e deixava rolar. Ingênua,
achando que todo mundo era legal. Mas
ainda cheia de travas e medos.
Ao mesmo tempo, aberta ao novo.
Vendo, hoje em dia, pelo lado dele:
uma menina bonita cai no seu colo depois
de um show longe de casa e vai com você até
o hotel. Isso quer dizer o quê? O que ele ia fazer?
Tentou, mas não forçou. Teve seus motivos pra
ficar puto. Mas respeitou o limite.

Se hoje em dia ele me reencontrar,
sinceramente não sei se vai se lembrar de mim.
Talvez pense: hummm, conheço essa mina de
algum lugar. E só.
Talvez eu o convide para um drinque e a gente
ainda dê risada dessa história.

Mas calma que ainda não acabou. Anos depois,
estava eu dando uma olhada nas minhas poesias,

e encontrei essa que escrevi pra ele logo depois
que tudo isso aconteceu. Tinha esquecido
completamente. Foi uma resposta a ele
por ter falado que eu era ingênua.
Achei estranhamente madura.

INGÊNUA

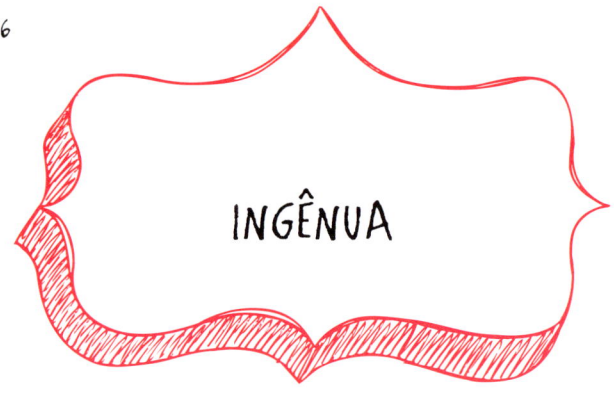

Sou ingênua sim
No meu toque infantil, ignoro o hostil
Acredito no teu lado bom, escondido, puro, perdido

Insisto em ser ingênua, em não ceder
Sentimento inocente de entrega e poder
Atitude não é ser rude, cética, triste
Isso traz amargura, por favor, não insiste

Não quero perder a doçura, loucura, a ternura
Enfrento a face escura e descubro tua mente carente
Ingenuamente pura

Furo a barreira do certo, do óbvio, do lógico
Vejo até onde você se fecha e é metódico, neurótico
Procuro um resgate do que foi perdido

No teu mundo ferido
Te ofereço um retorno à inocência
Adormeço tua consciência
E te entrego teu lado criança

Respeite a minha ingenuidade
Porque tenho sensibilidade
Para saber o que você quer
Porque, além de ingênua, sou mulher

Uia, forte, né? Nunca entreguei a ele. Quem sabe um dia?

HOMEM 5% — INTRO

É raro, mas existe. Fato.
Talvez na hora em que você
parar de procurar
ele apareça. Sem mais.

HOMEM 5%

Categoria de resposta em extinção
Mas toda regra tem a sua exceção
É uma raridade achar um bom exemplar
Juro que existe, você pode confiar

Quando faz, faz direito
Quase nunca dá defeito
Tem estilo, tem pegada
Com ele não tem essa de roubada

Cumpre sempre o que promete
Mentira não é o seu forte
É seguro, se garante
Não tá aqui pra tentar a sorte

Sabe o que quer da vida
Não te enrola com papo furado adolescente
Você até desconfia
Se é real ou piração da sua cabeça carente

Te aceita como você é
Respeita seus amigos, sua essência, seu espaço
Não gruda no seu pé
Tem sempre um colo, um sorriso, um abraço

Não tem medo da sua independência
Não tem medo da sua liberdade
Enxerga sua alma
Suas cores, sua verdade

Não precisa ser tanquinho
Não precisa ser perfeito
Sem essa de joguinho
E ser fofo o tempo inteiro

Homem 5% sempre pode rolar
Eu ainda acredito que aconteça
Quando você parar de procurar
Ele vai cair na sua cabeça

Quando você menos esperar
Ele vai aparecer
Mas enquanto ele não chegar
Seja livre e cuide de você

Pode até ser que não dê certo
Que vocês queiram coisas diferentes no fim
Mas ele sempre vai estar perto
Pra você saber que existe homem assim

FACA

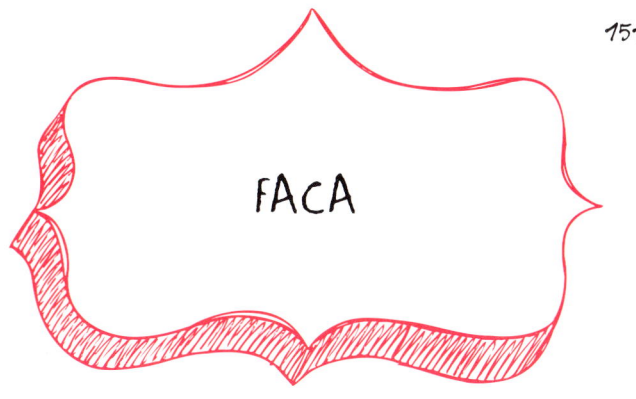

Uma história forte, mas necessária para a vida.

Você já pensou em enfiar uma faca em alguém? Em como deve ser a sensação de enfiar a faca em alguém? Eu já.
E penso nisso até hoje... Quando eu tinha 18 anos, fiz minha primeira viagem internacional. Fui de mochila para a Europa com minha irmã. Na época, ela tinha 20. E se achava muito mais esperta do que eu, como todas as irmãs mais velhas.
Tínhamos acabado de sair da adolescência e estávamos começando a parar de brigar.
O nosso dinheiro era contado. Fomos para a Espanha, Portugal, França, Inglaterra, Holanda, Grécia e Itália.
Aliás, foi em Veneza que me apaixonei à primeira vista por minha primeira Barbie sereia.

Ficava olhando para ela pela vitrine, só olhando, admirando, querendo e não podendo. Aí, no terceiro dia, resolvi: vou comprar. Fiquei sem comer uns três dias pra compensar e conseguir juntar a grana. Era só tomate, pêssego e maçã. Por isso resolvi andar com uma faca daquelas de serrinha na bolsa, para descascar frutas quando fosse preciso. A Barbie, Miss Lady Blue, virou companhia e amuleto fiel até hoje. Foi a primeira de muitas.

Naquela viagem nasceu a semente da minha amizade eterna com a minha irmã. Apesar de algumas brigas, vivemos juntas histórias memoráveis. Caímos da moto na Grécia, dormimos nos *roofs* (telhados a céu aberto) dos navios, comemos *space cake* em Amsterdã, ficamos muito loucas e achamos que íamos morrer, ficamos nos mais fuleiros albergues e conhecemos muita gente legal. Encerramos a viagem na Grécia com um passe que nos dava direito a cinco ilhas em duas semanas. Você pode imaginar o que era estar num lugar mágico como a Grécia, com gente do mundo inteiro, para duas garotas de 18 e 20 anos? Foi incrível, das melhores viagens da vida...

E foi ali que comecei a descobrir muitas coisas sobre mim.

No último dia, tivemos que nos separar. Minha irmã teria que passar em Paris para buscar uma mala que tinha deixado por lá. E eu voltaria para o Brasil por Roma. Faria uma escala lá e passaria o dia na cidade. Nós nos encontraríamos no fim do dia no aeroporto e voltaríamos juntas para o Brasil. Por um capricho do destino, isso não aconteceu. Eu cheguei a Roma muito feliz, com a energia lá em cima. Não me lembro de tudo exatamente, mas me recordo quando cheguei ao Coliseu. Eu me encantei com aquelas ruínas e com tudo que deve ter acontecido por lá. Aí que, do nada, fiquei amiga de um cara gentil que veio falar comigo. Eu estava superaberta a conhecer pessoas, estava solar, a alma feliz. Ficamos amigos, passeamos por Roma, ele me comprou chocolates, trocamos telefones. E, quase na hora de ir embora, falou: "Você não quer vir na minha casa tomar um banho, pra você chegar limpinha no Brasil?". Não era uma má ideia, estava muito quente e eu fui. Só que, chegando lá, ele se transformou, virou outra pessoa. Trancou a porta, jogou a chave longe e falou, do nada: "Se você não fizer tudo que eu mandar, nunca mais vai ver sua irmã na vida. Você pode gritar à vontade, que aqui ninguém vai te ouvir".

Eu não podia acreditar que aquilo estava acontecendo comigo, que me achava tão descolada, tão esperta, não era possível. Precisava pensar rápido. A primeira coisa que falei pra ele, lógico,

foi: "Vamos conversar, a gente é amigo, não é?".
Ele estava irredutível. Começou a colocar uns
filmes pornôs na TV e falou que eu teria que fazer
tudo aquilo, reforçando que, se não fizesse, nunca
mais ia ver minha família. Até então eu não sabia
o que era um psicopata de verdade. Ele rasgou
a minha roupa. Uma bermuda roxa de lycra e
uma blusa preta, isso lembro bem até hoje. Aí fui
tentar conversar de novo. Ele já estava bastante
agressivo e alterado. Falei "vamos conversar, calma
aí" e, num segundo de vacilo dele, peguei a faca
na minha bolsa. Aquela, de descascar frutas. Esse
foi o momento crucial. Será que eu conseguiria?
Segurei a faca com muita força e virei para ele.
Que segurou o meu pulso com tanta raiva que ele
quase quebrou e a faca caiu. Ele pegou. E chutou
pra debaixo da cama. E agora? A essa altura eu
já estava ficando sem saída, pensando no meu
namorado no Brasil, que tinha tido tanta paciência
comigo para tirar minha virgindade em etapas,
para não me machucar, com tanto cuidado,
tanto carinho, e vinha um babaca desses e queria
estragar tudo? Não era justo, não era certo, não
era possível. Mas era real, era um pesadelo e estava
acontecendo. Então, do nada, comecei a chorar. O
choro foi aumentando, aumentando, aumentando,
até ficar histérico e desesperado. Lá no fundo eu
não estava desesperada. Estava controlando tudo

aquilo. Não sabia como nem por quê. Eu apenas sabia que precisava fazer aquilo. Foi inconsciente, dramático. Fui atriz sem saber que era.

No meio do transe, me lembrei da minha irmã. Se ela estivesse no meu lugar, talvez tivesse travado, paralisado. E ele teria feito tudo o que queria. Ainda bem que era eu. Chorei ainda mais forte. De raiva, de indignação, de medo. De uma hora para outra ele parou o que nem tinha conseguido começar. E falou: "Vai tomar banho que nós vamos para o aeroporto". Eu não tinha opção, era a minha única chance de sair de lá. Fomos. E, no caminho, no farol, ele me comprou flores. Falou que nunca deveria ter feito aquilo comigo, que se apaixonou à primeira vista. E depois estacionou em frente a uma delegacia de polícia. Falou: "Vai lá e me denuncia, eu jamais poderia ter feito isso com você". Eu, àquela altura, só queria ir embora de lá, daquele país, daquela pessoa. Imagine se eu faço uma denúncia na Itália, lógico que meu pai ia ficar sabendo no Brasil, puta desgosto, sofrimento, não queria mais aquilo. Só queria sair dali. "Me leva para o aeroporto", pedi. Lembro até hoje da cena. Eu chegando ao aeroporto de Roma, queimada de sol, mochilão nas costas e um buquê de flores na mão.

Que foi direto para o primeiro cinzeiro que encontrei. Sabe esses cinzeiros grandes e cinza que havia nos aeroportos? Foi em um deles que deixei as flores de cabeça para baixo. Tenho essa cena até hoje na cabeça.

E ainda veio uma aeromoça com a notícia: eu só encontraria minha irmã no Brasil. O voo dela da França tinha ido direto, sem escalas, não pararia mais em Roma. Portanto, embarquei sozinha e fiquei 13 longas horas passando mal no avião. Tentando digerir e entender tudo aquilo que tinha acontecido comigo. Depois do baque, a ficha caiu. Por que uma viagem tão linda tinha que acabar assim? Fiquei com dor de barriga, dor de estômago, dor na alma. Queria tanto ver minha irmã de novo. E foi um dos encontros mais emocionantes da minha vida. Sabe quando duas pessoas vêm correndo cada uma de um lado do corredor e se abraçam? Foi assim, exatamente assim, tipo novela. Choramos muito. Ela, feliz por ver que a irmãzinha mais nova tinha conseguido embarcar sozinha, e eu.... bom, eu estava feliz por estar viva e vendo-a novamente, coisa que talvez, por alguns segundos, não soube se seria possível.

Entre lágrimas e soluços, contei tudo o que tinha acontecido e juramos segredo a respeito. Aos poucos, a ferida foi curando. O buraco foi mais

interno do que externo. Fui ao médico, contei tudo, fiz todos os exames possíveis, e, apesar de nada ter sido consumado efetivamente, foi bom para, psicologicamente, ter a certeza de que estava tudo bem. O pulso, esse sim, ficou doendo por duas semanas. A história poderia acabar aqui, mas ainda não. Depois de uns dois anos, estava eu me recuperando de uma cirurgia de um osso que havia quebrado no rosto depois de cair do "banana boat", quando toca o telefone, lá pela meia-noite, na casa dos meus pais. A essa hora, só podia ser pra mim. Atendi logo para não acordá-los. Era ele. Antes de tudo acontecer, lá no Coliseu, tínhamos trocado telefones. Pois é, eu juro que achei que ele já teria morrido a uma altura dessas, porque havia me dito na época que tinha só mais seis meses de vida, que tinha um buraco no pulmão e que não tinha cura. Haviam se passado mais de dois anos e ele não morreu, olha que praga. E ligou para me agradecer. Disse que só estava vivo por minha causa. Que, se eu tivesse denunciado ele naquela delegacia de polícia na Itália, ele nunca teria encontrado o médico que salvou a vida dele. Que pensou várias vezes em vir para o Brasil me procurar, sem ao menos ter meu endereço ou ideia de onde eu morava.
E terminou com a pergunta: "Me perdoa? O que quer que eu faça para você me perdoar?". "Olha",

disse eu, "vai dar bom-dia pro sol, arruma uma namorada". Poderia ter desligado na cara dele. Mas até hoje não sei por que não fiz isso.
Dizem que você tem que saber perdoar para a pessoa ir embora e te deixar em paz.
Não sei se pra esse tipo de coisa tem perdão.
O tempo passou, a ferida cicatrizou, e agora, toda vez que vejo uma inocente faca de serrinha dando sopa na pia da cozinha, vem a pergunta:
Será que eu teria coragem? E você, teria?

De qualquer maneira, comecei a treinar *krav magá* (defesa pessoal do exército de Israel) quase 15 anos depois que isso aconteceu. E de vez em quando me pego repassando a cena toda na minha cabeça e vendo como eu reagiria.
Como se diz no *krav*: se alguém tem o direito de te agredir, você tem o dever de se defender. É, acho que eu teria coragem, sim.

****

Um ano depois, na minha primeira viagem a Noronha, conheci um cara no avião indo pra Recife, que estava sentado do meu lado.
Naquela época só havia uma conexão por dia para a ilha. O avião atrasou e eu perdi a conexão. A próxima seria só no dia seguinte. O tal cara falou:

"Vem pra minha casa, dorme lá, que amanhã te trago cedinho para o aeroporto". Depois de tudo o que eu tinha passado, era óbvio que eu não devia ir. Eu fui. E ele me levou para o aeroporto no dia seguinte. E foi um dos melhores amigos que eu tive na vida, o Beto.
Não, não foi caso nem romance. Nem dei pra ele. Foi amigo mesmo. Desses que a vida te dá de presente. Só pra mostrar que a gente não pode se fechar para o mundo por causa de um babaca e de gente errada. Dá a volta e segue em frente. Tem um monte de gente que vale a pena.
Lógico que tem que ficar esperta, seguir a intuição e não dar mole nem vacilo. Mas não dá pra não viver. Tem que aprender com as cacetadas e seguir em frente. Sempre.

QUANDO A GENTE NÃO TEM MAIS 18 ANOS — PARTE 2

Fica mais malaca, mais safa.
Meu ex-namorado, um cara muito gentil, é locutor. Esses dias, ele fez uma locução para uma moça de um estúdio sem cobrar a taxa de regravação.
Ela fez uma cagada, mandou o texto errado, ele teria de cobrar tudo de novo. Ela alegou que estava sem grana, pediu pelo amor de Deus e ele refez. Sem cobrar. Quis quebrar um galho, ser gentil.
Sabe o que ela fez? Mandou para a casa dele um presente como forma de agradecimento. Uma camisa polo de uma marca chique. Detalhe, nem amigos eles são. Ele diz que só a viu duas vezes na vida, que nem se lembra da cara dela. "É, mas com certeza ela lembra bem da sua", eu disse. O engraçado é que ele não via malícia no presente, chegava a ser até ingênuo, achava que foi uma forma de agradecimento mesmo.

Olha, pra mim, agradecer mandando um presente assim pessoal pra casa de uma pessoa que você só viu duas vezes na vida é xaveco. É pretexto para uma conversa. É isca. É uma puta cara de pau. E vem cá, de onde ela tinha o endereço dele? Não tinha grana para pagar a regravação, mas tinha grana para comprar uma camisa chique? Oi?
E eu não tenho mais 18 anos pra ser assim tão inocente e achar que as pessoas dão presentes assim, a troco de nada. Sou mulher e a gente sente cheiro de pilantragem no ar. A gente sabe de todas as artimanhas que eles nem imaginam, nem sonham, que a gente é capaz de fazer. Por isso fiquei bem brava com a situação e com a não percepção dele das segundas intenções dela.
E disse o seguinte pra ele: "Ok, mande um e-mail, agradeça a camisa e encerre essa história".
É isso que ela quer, que você ligue para agradecer pra ela mandar um xaveco.
Agora, se depois de você agradecer ela mandar outro e-mail continuando esse assunto, você vai saber que eu estava certa. Por que, né? A gente saca. A gente sente no ar.
A gente pode até dar uma surtada às vezes.
Mas a linha é muito tênue entre boas intenções e sem-vergonhice. Tô louca ou essa mina tava meio folgada?

DESAPEGA — CARTA DO ANJO

Às vezes, é preciso deixar pra trás.
Algumas velhas amizades que significavam tanto e hoje já não fazem mais sentido.
Um grande amor. Que você achava que era tudo até descobrir que o tudo é meio relativo. Que era tudo enquanto a pessoa amava alguém que ela idealizou em você. Não você de verdade.
Com suas qualidades, defeitos, medos e sonhos.

Por mais duro que seja, dar esse passo é necessário.
Impressionante como às vezes a gente anda em círculos.
Por medo de crescer. Medo do desconhecido, medo de seguir sozinho.
E acaba preenchendo o vazio com mais do mesmo.
O cômodo é sempre mais fácil, previsível.

Aceite a solidão. Limpe a alma.
Pra conseguir começar de novo. Do zero.
Não, nunca é do zero.
Porque você já não é mais a mesma pessoa.
A experiência faz você se transformar num novo alguém.
Mais forte, mais duro talvez, mais firme.
Mais fiel a você mesmo.
A seus princípios, a seus valores.
É difícil aceitar que acabou. Dói. Machuca. Sangra.
Mas um dia cicatriza.
E você renasce.
E a sensação é das melhores do mundo.
Só assim você vai ser livre de verdade.
Eleftheria! (liberdade em grego)
Cuide de você. Respire.
E pare de correr atrás das borboletas.
Cuide do jardim, que elas virão.
Quando você menos esperar, pode ter certeza.

EU SIGO ÍMPAR — INTRO

Eu fiz essa no dia 12 de junho.
Sim, no Dia dos Namorados.
Estávamos em quatro amigos passando o fim de semana num sítio.
Cada um desiludido, meio brigado com seu rolo, caso, metade.
Prometemos para nós mesmos que dali a um ano seríamos oito, cada um com seu par.
Aí, depois de um ano, no mesmo dia 12 de junho, nos encontramos de novo numa festa.
Cada um com seu par. Menos eu...
Estávamos em sete.
Aí, um amigo perguntou: "E aí, Dani, cadê seu par?".
No que eu, imediatamente, respondi: "Eu?
Eu... sigo ímpar".
Achei tão bonito aquilo, tão singelo, e saiu tão sem querer, seguir ímpar...

É lógico que todo mundo busca um amor, um parceiro, uma companhia.
Mas, às vezes, as pessoas não entendem que tem gente que é feliz ímpar, que é ímpar por opção.
Sabe aquela história do antes só que mal--acompanhado?
Tem gente que ainda olha torto, pensa que se a pessoa tá sozinha é porque deve ter algum problema. Fala sério, né?
É melhor ser ímpar e feliz do que ser par meia boca, par pela metade, par para tapar buraco, na inércia, no cômodo.
No dia em que eu for par, serei par por inteiro. Enquanto isso não acontece, eu sigo ímpar.

EU SIGO ÍMPAR

Eu sigo ímpar
Sozinha, em frente, caminho
Desviando, tropeçando, caindo
Vivendo, sofrendo, sorrindo

Eu sigo ímpar
Destino, talvez vocação
Lembranças, sonhos e solidão
Liberdade, porrada e paixão

Eu sigo ímpar, mas sigo forte
A alma à mercê da sorte
Aberta ao mundo, alerta a tudo, querendo voar
Seguindo em frente
O que é da gente ninguém vai tirar

O Sol segue ímpar
A Lua também segue ímpar
Cada um forte no seu lugar
Continuam sempre a brilhar

Eu sigo ímpar, mas sigo forte
A alma à mercê da sorte
Aberta ao mundo, alerta a tudo, querendo voar
Seguindo em frente
O que é da gente ninguém vai tirar

Eu continuo a caminhar
Vivendo momentos, deixando rolar
Eu continuo a caminhar, sereia no mar
Porque um dia eu serei par

Ou não...

facebook.com/MatrixEditora